我在西五区
WEST FIVE TIME ZONE
Yihong Zhu
朱一泓◎著
浙江人民美术出版社

序

我在西五区

从小，一听起别人说要去美国了，就感觉是一件特别酷的事情，但在我自己心里，从来没想过会有一天只身一人飞往美国。从我生活了十四年的北京东八区，飞到地球背面的美国东部——西五区，两地相差十二个小时。

周围来过美国的亲友说，十二个小时的时差有点难倒的，但其实更难倒的是我心里边的时差。三年前我坐在飞往美国的飞机上，表面上还算淡定，心里的紧张忐忑只有自己知道。飞机上我基本没睡，脑子里一直想着："我在美国可以很好地适应学校吗？可以很好地融入美国的家庭吗……"我不知道这许多的疑问怎么去解决，我只知道从我跟老爸老妈说出来"我要去美国读书"那句话，我就只能义无反顾地向前走了。

有人觉得到美国读书是为了学习轻松一点儿，为了逃避国内的考试压力。如果说刚开始我做出出国读书决定时，也有一点这样的想法，那么当我深入进去学习英语，并且到这里体会到考试压力以外更多的压力时，我想说认为来美国读书轻松的人，真的是想错了。

也许你会觉得我们每天那么早放学，有“甜蜜的考试”，也有“有趣的辩论会”，这还不轻松？但是刚来美国的滋味我到现在想起来都头皮发麻。英语不好，刚开始上课时完全蒙圈，老师讲的东西几乎都听不懂，作业还不敢落下，每天心里都是吊着的；很多作业要是没有自己的观点和逻辑分析根本拿不到高分，以前读书是拼体力，来这里拼“烧脑”咯；还有跟这里文化不同，住家讲笑话我一点听不懂，出门问路、打车都困难；什么事情都要自己思考自己决定自己安排，没有人给我买零食洗衣服收拾房间；最难的是感觉孤单，晚上睡不着时会想家，想老爸老妈和好吃的中国菜……

非常幸运的是我顺利地适应了，因为我幸运地遇到一个和蔼友善的住家。我的住家有一个大家庭，住家爸爸、妈妈和六个孩子，他们的四个女儿都工作了，平时不住在家里；两个儿子一个比我大两岁，一个跟我一样大，平时很好相处。他们全家都十分友善和热心，把我当成他们自己的家人一样，经常带着我出去参加他们的各种活动，把我介绍给他们的亲戚、邻居，让我多一些新朋友，使我能够很快很顺利地适应美高生活，融入他们的大家庭。

来到西五区已经两年多了，我把这里多姿多彩的学习、生活中的经历和趣事写在这本书里。如果你正好对美国的高中校园生活非常感兴趣，那就一起分享吧。

朱一泓

2018年3月25日

于美国代顿

目录

序

第一辑 小青春

第二辑　开课了

第三辑　多彩校园

第四辑　一路向暖

后　记

第一辑——小青春

彼岸的呼唤

为啥要出国?

“你为什么要出国?”刚开始听说我要出国,总有身边的同学、朋友或亲戚会这么问我。

其实当初也算是头脑一热选择了出国这条路吧。

记得小学五六年级时,表哥定居到了新西兰,家里人还开玩笑说让我到表哥那儿去上学,我都很干脆地拒绝了,觉得我在这里学习生活很快乐,干吗要出国?

到了初一时,快乐的日子结束,一切都变得跟小学时不一样了。一周五天上学,每天从早上睁开眼,洗脸刷牙吃东西赶往学校,到晚上写好作业洗漱完赶紧上床睡觉,完全没有了自己的时间。就连课间活动，同学们也大都在争分夺秒做题、看书，枯燥无聊到爆。好不容易到周末了，两天时间又要去上培训班，看看课外书的时间都没有，更别提出去玩了。而且那时候，一直像朋友一样跟我相处的老妈，都像安了火药的鞭炮，总是叨叨“快起床”“快写作业”“快去复习”…… 催得我头都大了。

一天，跟老爸到他的一个朋友家吃饭，他这个朋友是做留学英语培训的，不知怎么他们就聊到了出国的话题。听着他们说国外的学校怎么有特色，老师怎么风趣幽默，学习科目自由，课外活动很多，我一下子就被吸引住了。我按捺不住自己激动地大声说：“我想出国上学！”

家庭会议

那天大声宣告我的梦想之后，回到家老爸、老妈和我开了一个很严肃的家庭会议，讨论我出国读书的问题。

老妈给我一个月的时间，让我思考并回答几个问题：“什么是国际高中？”“你喜欢国际高中的哪些地方？”“你读国际高中的优势和劣势？”“怎么才能申请到国际高中？”

我知道出国读书是件大事，而且其实我心里也没底，长这么大从来没有一个人离开家过，如果不是听到国际高中那么与众不同，我可能也没胆量做出这个决定。而且老爸老妈也是想通过回答这几个问题，让我认真考虑一下吧。于是，接下来的一个月里我上网查资料、找书籍、找同学咨询，还让老爸老妈带我去上海外国语学校听他们组织的留学讲座。听着上外老师图文并茂的讲述，我被美国的高中深深迷住了。

了解的信息越多，我就越想出国。除了回答老妈布置的几个问题，我在心里还有两个小得意：第一就是觉得国外的教育会比国内轻松有趣好多，谁不想要个轻松的学习生活嘛；第二就是觉得出国读书真的是一件很酷的事情。每次和我同学、朋友提起我可能要出国读书了，总能从他们羡慕的表情里找到满足的感觉。

一个月后，我把一份《我上美国高中的可行性分析报告》交给老妈，虽然里面一些讲国际高中的内容是我网上摘的，但对我自己优势、劣势的分析还是认真思考过的，比如：

我的优势——学习认真、勤奋、努力；做事认真、仔细；有恒心，有毅力，有主见；热爱生活，能把自己打理好，外出饿不死。

我的劣势——学习会分心，注意力不集中，做事容易拖拉。

我的目标——根据自己的目前状态，确定每天学习时间，突击把英语考出来……

我很用心写的报告打动了老爸老妈，我们三个又召

蓝天白云幢幢小楼，美国人日常生活的模样。

开了一次家庭会议。记得当时老妈说:“看起来你是认真思考过这个问题的。只有你思考过了,权衡过了,所做的决定以后才不至于后悔。那么,我们支持你!”

太棒了!我的出国留学梦终于可以开始了,我会努力,让自己不后悔。

备　考

理想很丰满,现实很骨感。出国读书的目标定下了,英语关却不是那么好过的。

小学时我很爱上英语课,小学的英语老师上课幽默风趣,天天带着我们做游戏记单词、唱英文歌背课文,所以我第一次接触这门课便爱上了它,这也奠定了我之后对英语的态度。而且因为小时候特别喜欢看美国的超级英雄电影,看的时候就感觉他们不仅长得很酷,说话也很酷,叽里呱拉实在很好听——虽然那时的我什么都听不懂,只能看中文字幕,但是应该也为我学好英语打下兴趣的基础了吧。

还好,当时因为我准备来美国时年龄还比较小,申请学校时只用考小托福就可以了,相对于托福来说要简单一些。但是对于当时只有初一英语基础的我来说,学起来还是相当吃力的。这时候我觉得选择正确并且适合自己的培训机构很重要，可以有效地激发学习的兴趣、潜能和动力。

就说我的吧，当初我去的培训机构就是老爸的朋友介绍的，里面的老师都有留学经历，还有不少外教，上课幽默有趣，效果很好。去试听了两节课，我就决定要在这里学。因为像他们所介绍的一样，老师会很有耐心地跟我交流，针对我的特点制定专门的学习计划和课程安排；每天背多少单词，怎么快速抓住阅读理解的考点等，都和原来学校里的老师教的不一样。上课虽然内容很多很累，但真的很有趣，于是也更加激发了我学英语的动力。

当时我不仅要去上英语培训，每周一、三、五还要回学校上课，毕竟文化课也不能耽误，所以感觉到格外忙碌。小托福的单词每天都有满满一大页要背，还有阅读、听力的题目要做，我常常晚上十一点半睡觉，早上五点起床背单词，还是觉得时间不够用，想着如果能早几个月开始备考就好了。那段时间妈妈总让我多睡一会儿，我其实也真的很想赖床，但是没办法，不加油考不出啊！那时我最大的愿望是考完之后蒙头大睡三天三夜，谁也别来叫我！

临近小托福考试时，自己心里没底，不知道能考多少分。这里也要谢谢我的老爸老妈当初没给我过大的压力，让我尽力就行。于是，我怀着有点忐忑、有点期待的心情走进了考场……

我到现在都还记得当初老妈告诉我成绩的那一刻。那天老妈从补习班接上我，路上一脸严肃地问："你知道你的小托福考试考了几分吗？"我一脸蒙圈，十分紧张地说不知道，看老妈的架势，估计考砸了。沉默了好几秒，老妈终于忍不住笑了。当她告诉我考了725的时候，我几乎开心地叫了出来！我起早摸黑不懈努力的效果不错！这个成绩已经可以申请到我想去的美国高中了。

到如今想起来一切仿佛都像做梦，做决定、补习、备考，当时觉得很忙很乱，心也很慌很乱。但现在回头看看又感觉很快，仿佛一转眼就已经坐上前往美国的飞机去追寻我的"留学梦"了。当初要来美国的时候还只是一个十四岁的小孩子，不知哪来的勇气就和老爸老妈说自己想去美国读书。经过不懈的努力飞往大洋彼岸时，我知道一切才仅仅是开始，梦想之舟，正向着我的美国高中生活——前进！

行李“丢失”记

要说起初到美国我遇到最惊险的一件事，莫过于在机场丢行李。

第一次踩在美国的土地上时，我离十四岁生日还差一个月。在国内，我这个年纪很多事情都是大人考虑并安排好的。虽然不至于像有些新闻报道的那样，上中学了还不会剥鸡蛋壳，大学开学还要家长跟着陪读，但平时有爸爸妈妈的照顾，很多潜在的“危险”都被大人提前“消灭”了，根本不用自己去操心、去经历，更别说在机场丢行李这样重大的“危机事件”处理了。

那天，我的机票行程是上海浦东到美国达拉斯中转，再到代顿机场的。在达拉斯转机时，需要把行李取出来再重新托运。我推着一辆行李车，把两个巨大的行李箱放上去，跟着机场指示牌一路推到另一处传送带前。一个高大的机场工作人员帮我把行李放到传送带上时，我小声用不太熟练的英语跟他确认："中转到代顿的行李是在这里托运吗？"他热情地笑着回答："Yes！"看着行李转进去，我就放心地找登机口去了。

那天到达代顿已经是晚上了，当我在行李传送带前早早地拿到第一件行李之后，迟迟没看到第二个箱子，我的心中渐渐产生了一丝担忧。但心里还是在安慰自己："没事的，没事的，我在国内坐了这么多次飞机都没丢过行李，证明航空公司一定是很严谨的，再等等箱子就出来了……"

渐渐地，看着身边的人都拿到了行李慢慢推着离开了，传送带上的行李越来越少，但我的箱子还是不见踪影时，我的心开始慌了，手心也冒出了丝丝冷汗："箱子啊箱子，快点出来吧……怎么还没有？不会真的不见了吧？！"差不多等了二十分钟之后，传送带停了下来。看着空荡荡的传送带，我知道我的行李估计是丢了。

短暂的沮丧、慌乱之后，我努力保持镇定，在大脑中快速想着接下来该采取什么措施："我需要去找工作人员吗？还是联系我国内留学机构的老师？还是再等等？"开启头脑风暴后，我很快做出判断：传送带都停了，等不出名堂了；现在国内正是凌晨，我的老师肯定还没起床，不

每一次出发，都是一段新的成长。

一定能及时给我指导意见；最靠谱的应该是去问询处，问问他们怎么办。

找到问询处，我用蹩脚的英文和他们交流，那个工作人员对我很有耐心也很友善。我们俩连说带比画，他终于努力弄懂了我说的话，并且记下了我在美国的寄宿家庭的电话、地址等信息，告诉我不必担心，找到行李了会第一时间通知我，并按照我留的地址给我送过去的。

之前行李找不到时，正好爸爸妈妈在跟我视频，我就说了一声“一件行李可能丢了”，妈妈一听就着急了，但是他们那么远帮不上忙，我又要开动脑筋想要怎么办，就没跟他们多说，只说：“先这样吧，我先在这边处理，等下联系你们。”做好记录之后，我悬了半天的心终于放下来，这才有心情给爸爸妈妈留言，让他们别担心。

之后的两天里，我一有时间就上航空公司的网站查询，看到我报失的这件行李总是处于“待查找”状态。第一天还凑合，第二天早上去学校的路上，我已经计划放学后让住家妈妈带我去趟超市，要买些日用品了，因为连换洗的短裤、袜子都在丢失的箱子里啊！

转机时，总可以随便逛逛。

还好住家妈妈放学接我时，带来了一个好消息——她接到了航空公司的电话，原来我的那件行李转机托运时不知什么原因并未进入传送带，还留在达拉斯机场，现在已经找到了，会在傍晚给我送过来。我听了有点纳闷，当时明明看着两件行李都进去了的，怎么会这样？不管怎么说，找到了还是很高兴，直到这时我心里才算真正松了一口气。这两天虽然表面看上去挺淡定的，但想到箱子里的东西可是我仔细挑选的，除了日常用品，有的小东西还是从小陪伴我长大的，就这么丢了实在太扎心了。

所幸行李“丢失”事件以失而复得的喜剧结尾，但这件事还真给我上了一堂实践课。我从这件事总结出，在国外无论遇到什么事情都不要慌张，要主动地寻求别人的帮助，大家通常都十分友善并且十分负责，你寻求帮助，问题通常是可以解决的。

初识美国家庭

到美国的第一个晚上是在酒店度过的。

在经过十几个小时疲累的旅途之后，到达美国已是晚上，又处理了行李丢失的突发事件，走出航站楼跟美国负责接机的老师接上头，她把我们送到酒店时我已经十分疲惫，脸都没洗，倒头就睡。现在想想我当时心真是很大：初到一个什么都是未知的国家，距离爸爸妈妈十万八千里，不知道将要面对什么样的环境，又刚丢了行李……还能睡得这么香，也真是没谁了。

第二天早晨醒来，吃了早饭，便开始等待我的住家来接我。当时我对这个住家的了解，除了中介机构发过来的他们家庭基本情况介绍，唯一见过的就是他们一家的一

春天，住家门前的一片紫色的花海。

张合照，照片上的每个人都笑得无比开心，像阳光一样，我很喜欢这样的笑容。我们一起来美国的四个小伙伴像在宠物店等待主人来接的小狗狗，眼巴巴地看着门口，等待着每一个住家的出现。

在等待的过程中我一直在想："我的住家到底是什么样的？好相处吗？我可以很好地融入他们的生活吗？"这时，我耳边突然有人在叫"Paul"。我愣了一下，才反应过来是在叫我，刚给自己取的英文名字，自己都还没有习惯呢！

抬起头来便看到了一张熟悉的脸，那脸上的笑跟我在照片上看到的一模一样，甚至更灿烂，是我的住家妈妈了。

老师简单地给我们做了介绍，住家妈妈便接走了我。

在回家的路上，住家妈妈很热情地开始和我聊天，我也用明显生疏的英语努力地和她交流。住家妈妈告诉我，她一共有六个孩子，四个女儿中的老三、老四是双胞胎，她们四个都已经工作了，平时不住在家里；两个儿子还在上高中，住在家里。

“好一个大家庭！”我听了在心里感叹，也有一点儿小担心，不知我能不能很好地融入他们的家庭。转念又想：“如果他们都像住家妈妈这样热情，大约也是可以愉快相处的。”

一路聊一路笑，二十来分钟的车程一下子就结束了。在我面前是一栋很美的房子，浅蓝色的外墙，尖尖的屋顶，阁楼上窄窄的窗子，像以前我在电影、画册里看到的美式小楼一样。门口挂着一个缀满松果、蝴蝶结的花环，虽然是白天，花环上暖色的小灯珠还在一闪一闪地亮着，像在欢迎我。门外的廊檐下放着一把白色的摇椅和一个双人秋千椅，旁边是一蓬蓬开着红色花朵的矮牵牛，实在是太温馨了。我要在这里度过四年的高中时光，应该是非常棒的体验！

住家妈妈一边开门，一边告诉我说他们已经在这里生活了将近二十年。一走进门，便看到了住家爸爸和在厨

住家有130多年历史的房子，很朴素，也很温馨。

家里的陈设古朴而有质感。

房帮忙做饭的两个儿子。住家爸爸见到我就十分热情地迎出来，给我说了个笑话，虽然我当时英语不是很好，get（抓住）不到他说的笑点，但发自内心的笑容让我感受到了家的温暖。住家的两个儿子也笑着跟我打招呼。他们虽然一个只比我大两岁，另一个跟我同年，但个子都比我高，金发，大眼睛，笔挺的鼻梁，帅得不像话，随便哪个角度拍张照，都是明星的感觉。

对了，他们的家庭成员中，还有一条名叫塔克的狗，黑黄相间的毛油光发亮，很大很温顺，冲上来在我腿上使劲亲昵地蹭着。我很喜欢狗，在国内时家里也养着一只，现在看见塔克这么可爱当然很开心。住家妈妈看我那么喜欢塔克，塔克也喜欢一直在我脚边转悠，居然同意让它晚上睡在我房间里！

第一次见面，这一家人就给我留下了很友善、热情的印象。

接下来，住家妈妈便带我参观了我的房间和整幢房子。跟国内大部分人住的套房比起来，这幢房子绝对属于豪宅级的，加上地下室总共有四层。从厨房延伸过去还有个占地面积不小的单层建筑——起居室，是周末亲朋好友开party的场所。

我的房间在二楼，从房间的窗子看出去，屋后有个大大的院子，有碧绿的草坪和高高的大树，风景很不错。据说树上经常会有松鼠出没，有时还会跳到房间窗台上，人

餐厅一角。

与自然和谐相处的好生态大约如此吧。

参观完毕，简单吃完饭后，我回到自己的房间开始收拾行李。躺在床上我默默松了一口气，之前对美国家庭的种种担心和顾虑早已消散，进入梦乡时我的嘴角在微微扬起……

篝火与孔明灯

我从小就一直期望有一栋带着很大后院的房子，没想到这个愿望在美国实现了。住下来的第二天傍晚时分，住家妈妈邀请我和他们一起去后院烧烤，我愉快地答应着跑了出去。

昨天刚到，参观房子时只是匆匆看了一眼，现在站在这里，我才知道这个后院不但很大，而且很美。用木栅栏围着的院子几乎有一个篮球场那么大，绿油油的草坪像绒毯似的铺展开来；院子里有几棵高高的大树，白天可以遮住刺眼的阳光；离地面七八米高的粗壮结实的树枝上绑着住家自己做的秋千，旁边还有给小孩子修建的滑梯和playground（游乐场所）。我看着便在心里默默感叹：

“哇，生活在这么一个家中是多么享受和幸福的一件事呀！而且——这么高的秋千我从来没坐过，荡起来估计会很刺激，以后可以尝试一下。”

这时，只听他们“Wow”一声叫，原来是住家爸爸在生火了。他先用石头在草坪上围了一圈，里面扔进劈好的木头和树上掉下来的松果等易燃物，再用打火机引燃，不一会儿火苗就呼呼地往上蹿了。我看到感觉十分新奇，便也跑去忙活了起来，搬桌子，搬椅子，拿食材，学着他们的样子准备烧烤。

我看着拿在手里的食材有点想笑，这颠覆了我对烧烤的固有印象。国内烧烤是肉串、鸡翅、鱿鱼、蔬菜等，品种再丰富，也不会有现在我手里的这个东西——棉花糖！原来美国人的烧烤除了烤肉类，棉花糖、饼干、曲奇都可以拿来烤，可能他们吃烧烤不在于吃什么，而在于一家人围在一起的这种氛围吧。

住家儿子教我先把一个棉花糖穿到一根铁钎子上，放在火上慢慢烤个一分钟，等到棉花糖慢慢变软，表面微黑就可以吃了。他们的吃法也是十分的新奇，住家妈妈在我准备开咬的时候制止了我，递给我两片小饼干，教我要夹起来吃。我试了一下，脆脆的饼干裹着绵软的热乎乎的棉花糖，味道的确不错。只是感觉美国的食物普遍糖分要多一点，所以没吃几口就甜得我直找水喝。

这是我来美国之后一段很难忘的回忆，看着他们一

篝火与烧烤，更多是为了一家人围在一起的这种氛围吧。

家人围着篝火有说有笑，温馨的氛围和温暖的篝火让我也体会到了一丝家的感觉。

烧烤结束，我刚洗完手回到房间，住家小儿子便冲进我的房间，很激动地跟我说了一大通。因为初到美国英文也不是很好，所以半懂不懂地揣摩了一下，大概就是说他们要去放飞一个什么东西，让我赶快下楼。于是就和他一起冲了出去。

天黑下来了，草地上好像有一盏大灯笼，住家妈妈和大儿子伸手提着灯笼的上沿，下面有红红的火苗闪烁，灯笼慢慢鼓起来呈圆柱形。怎么这么眼熟?! 再看两眼，我突然意识到，这不就是我在中国放的孔明灯嘛!

住家他们笑着问我有没有见过这个，我点点头，走过去一边看着他们的动作，一边给他们讲中国孔明灯的故事：孔明灯是中国古代三国时蜀国最聪明的人诸葛亮(字孔明)发明的。那年他被敌人围困在一个小城，怎么也出不去，他就想了个办法，算准风向，让人用白纸糊成无数个灯笼，再在灯笼下面点上火，利用热气球的原理让灯笼飘上天空，然后让他的士兵高喊："诸葛先生坐着天灯突围啦!"他的敌人竟然信以为真，带兵向天灯的方向追赶，诸葛亮就脱险了，后来人们就称这种灯笼为"孔明灯"。

虽然当时我的英语还不是很好，讲得磕磕巴巴，中间有几个生词还借助一下电子词典，但住家他们非常有耐

孔明灯放飞希望，我的留学梦就此启程。

心地听我讲，也听懂了我讲的故事，住家爸爸笑着向我竖起大拇指说“Good”！

在住家爸爸“3、2、1——”的倒数下，一盏孔明灯渐渐地升空了。看着深蓝的夜空中这盏灯光闪烁的美国孔明灯我笑了。在中国，人们放孔明灯多是为了祈福，为了放飞梦想和希望。我刚来就跟住家一起放飞孔明灯，大约也是一种预示、一种希望，我的美国留学梦也就此启程了。

在美国的第一个生日

开学三周以后是我的生日。这可是我来美国过的第一个生日，要怎么过呢？我有点小纠结。

记忆中的生日都被浓浓的亲情和友情包围。好像从幼儿园开始，每次过生日肯定有唱生日歌、吹蜡烛、吃蛋糕、拆礼物的节目。到了小学，有时会跟一群好朋友约好，到KFC里开开心心地happy一下。因为每次到KFC都是预约好的，所以在那里会享受到生日套餐服务，店里还会送礼物和广播里的生日祝福，祝福我又大了一岁，那时候真觉得再没有什么事比过生日更开心的了。

而现在一天一天计划着，还没想好怎么过，我的生日已经快来了。

回想着以往生日节目的情形，我觉得要不还是按以前过生日的方式办吧。但是在国内家里时，吃的喝的玩的都是老爸老妈帮我安排好的；现在是在美国，住家家里人的生日是怎么过的？我要是提出来邀请同学来家里玩，住家妈妈会同意吗？如果同意请同学来，我对外卖订餐还不熟悉，吃饭怎么办？唉，一大堆问题想得头疼，但是也只有靠我自己来准备我的生日了。

我先跟住家妈妈商量请同学来家里玩的事，没想到她非常高兴地同意了，说："欢迎你的好朋友来参加你的生日party。如果你有很多好朋友，会让你很快适应这里环境和生活，真是太好了。"她还热情地表示，可以帮助我准备生日party所需要的东西。

我一听也是很高兴，兴致勃勃地跟住家妈妈一起计划起来。

先是邀请好友。在生日前的一周，我便发出邀请，邀请平时在学校跟我比较要好的小伙伴周末到我家，参加我的生日party。受到邀请的小伙伴们自然都高兴地答应了。邀请的小伙伴大多是今年的新生，在校的年级虽然不同，但大家来这里时间都不算久，大约都还是会有点小孤单或没有完全适应的，正好趁这样的机会聚一聚开心一下。想到这些，顿时觉得自己太机智了。

然后要思考的便是食物了。在家吃？出去吃？吃中国菜还是美国菜？因为刚来，人生地不熟的，也不知道什么

住家妈妈做甜点的手艺很是不错。

地方的餐馆比较符合大家的胃口。之前跟同学一起去吃过两次中国菜，但在这里的中餐馆吃到的中国菜好像都不怎么地道，不管什么菜烧的都是同一个味道，一点都不好吃，还是算了吧。头脑风暴了半天，还是决定吃比萨和炸鸡吧——既然都在美国了，就入乡随俗一下，学一下美国人过生日。就这样，总算是解决了食物的难题。

平时就觉得住家妈妈身上，体现了传统美国人热情开朗的性格特质。在街上或超市遇到熟人，她总会热情地打招呼，或是站着跟人家聊个半天。邻居家或社区里有事，她也总是非常主动地提供帮助。也正因为这样，她不但教我怎么生日订餐，帮我布置屋子，还说要给我亲手做一个生日蛋糕，庆祝我来他们家以后的第一个生日。

我听了顿时觉得心里暖暖的，自己离家那么远，在这里有一家人能够这样温暖相待，真是一种幸运呢！同时我也十分惊奇，生日蛋糕还可以自己做？住家妈妈还有这项特殊技能，真了不起！

大约是我的小眼神出卖了我内心的崇拜之情，住家妈妈看着我笑着说道："别忘了，我有六个小孩，每个孩子从小到大每个生日的蛋糕都是我做的，所以做得十分熟练了呢！"我听得也笑了。

接着就是生日装饰了，住家妈妈带我来到了一个礼品店，里面卖的全是过生日的装饰品，有彩带、拉花、气球等。我选择了五颜六色的生日气球和一些可以挂在墙上

收到生日礼物好开心！

的装饰小旗子。回到家后，吹起气球，拉开小旗，在房子的前厅和后面的起居活动室又是绑又是挂地布置起来。

生日当天，天刚亮我便早早地醒来。一下楼就看到住家妈妈帮我写的“Happy Birthday(生日快乐)！”彩纸，贴满了整个屋子，加上我们之前的布置，很有气氛。吃完早饭，我便在楼下等待小伙伴们。九点钟一过，小伙伴们陆续被他们自己的住家送过来了，每个人手里都抱着带给我的生日礼物，开开心心地跑进来跟我拥抱。等人到齐时，礼物堆了一大桌，其中还有住家爸爸妈妈和两个儿子给我的生日礼物，真的好开心。我到现在还记得，光鞋子就收了七双！

中饭简单而又丰盛，比萨、炸鸡、沙拉、水果、蛋糕……其实大家也不太在乎吃什么，能这样聚在一起就是一件非常开心的事，所以饭吃得很快，饭后的游戏才是重点。

吃完饭，我拆开一份礼物，是Ming送我的积木，大家

小伙伴们一起荡秋千。

一起开始玩。先把积木横三根竖三根地全部垒好，然后一个一个轮过来，每人抽一根出来，抽的过程中要保证积木不能倒塌，谁抽完，积木塌了，就要受罚。开始积木根基稳当，怎么抽都没关系，后来Ming把底部慢慢抽掉一根以后，后面的人就要很小心了。又轮到我，我小心翼翼地动手，已经快抽出来时，不知谁在旁边吓我："要倒了，要倒了！"我手一抖，就真的倒了。大家笑成一团，我只好认罚，给大家唱了一首歌。

后来，我们又在家庭影院看了部电影。看着外面的阳光那么好，就跑到后院荡秋千，玩狼人杀，一直玩到傍晚，小伙伴们的住家来接他们了，才一一道别离开。

这是我来美国后过的第一个生日，虽然跟国内的感觉不一样，老爸老妈也不在我身边，但还是很开心很有意思。当时来给我过生日的小伙伴，现在有的已经读大学了，有的也已经转学去其他地方读书了，而那份情谊藏在我心里，成为一份长久的记忆。

吃火锅

记得在做出国准备的时候，留学申请机构的老师有一次跟我聊时说："到美国吃的可没国内好，多数时候一个汉堡就算是一餐了，你要有心理准备哦。"当时我非常开心地回答："太好了！我最喜欢吃汉堡了！"老师看我雀跃的样子，也笑了起来："那就好，到时候别吃腻了哭鼻子就行！"

哼，太小看我了！要知道在家里时我最喜欢的就是汉堡。正好我家不远就有麦当劳，老妈单位忙时我经常点它家的汉堡或套餐外卖。最让我印象深刻的一次是手机点单后七分钟就有人敲门，看着外卖小哥手里的袋子，我都惊讶他是不是坐火箭来的！

热气腾腾的火锅，吃出了家的味道。

那么喜欢吃汉堡的我，在美国待久了以后，又想吃中国菜了。想想也是，以前喜欢吃汉堡，是因为天天有老妈烧的菜吃着，偶尔换换口味还不错。现在汉堡之类是每天的主餐，中国菜倒成了难得吃到的食物。周末或空闲时，跟同学也尝试着到中餐馆去吃饭，但多数中餐馆开在这里久了都不正宗了。像顺旺基快餐店一样，排开一溜餐盒，里面的炒茄子、炒豆角、炒蒜薹等都裹在深色的淀粉勾芡里。每一种看上去都差不多，吃起来也是差不多的味道，色香味啥的实在不敢恭维，也就能糊弄一下不懂中国菜的美国人，就这餐馆开到中国一定没人来吃。

中国餐馆菜不好吃，跟几个小伙伴一合计，那就去找火锅吃吧。一想到在寒冷的大冬天热气腾腾地吃火锅，就忍不住咽口水。但是在这里，想吃到正宗的火锅也是很难。我们已经试过附近的好几家有火锅的中餐馆，但是吃起来总是觉得差了点什么，不好吃。所以我和小伙伴决定在这个周末，自己给自己改善一下伙食，吃一顿像样的火锅。

我们先在亚米网上早早地买好了一个电火锅（还是个鸳鸯锅）和一些火锅底料。到了星期五这天，跟住家妈妈说好不用来接我，放学后我们几个人先去健身，又去了一趟中国超市，买了一大堆食材。我们到了超市看啥都好吃，尤其是荤菜，于是牛羊肉、鱿鱼卷、螃蟹、肉丸、香肠等七七八八都被扫进了购物车，然后又配了金针菇、生菜、豆腐等，以及海鲜酱、老干妈等蘸料，心满意足地一起到Eason的住家家里。

到家之后我们几个人便开始分工合作，有的负责择菜洗菜、摆盘和准备一些餐具，有的负责搬桌子和椅子，有的负责开饮料、调酱料、放底料、准备火锅。七手八脚折腾了一个多小时后，终于准备妥当，开吃！

我们围着一张圆桌坐定，眼巴巴地盯着通上电的火锅，从一点点蒸汽缭绕，到锅里的汤刚刚咕嘟咕嘟沸腾起来，就迫不及待地开始下食材。肥牛、肥羊卷肯定是火锅的首选，起初我们还是很斯文地一片一片用筷子夹着涮，等到吃high了以后也不管形象，直接一盘一盘地往火锅里加了。在超市买菜时我还说买三盒牛肉会不会太多吃不完，现在刚开吃没多久，打开的两盒就瞬间被消灭掉了。我还是太低估小伙伴们对火锅的渴望度和战斗力了。

“快点快点，你下的肉丸可以吃了！”

“不要吃我的蟹钳！好不容易才等它熟了。”

“我吃青菜，这个总没人跟我抢！”

……

就这样一边吃得满头大汗一边开心地聊着天，笑笑闹闹间桌上的食材越来越少，肚子越来越饱，饱饱的好舒服哦。

时间慢慢过去，等到我们觉得吃差不多了，一看手机居然已经晚上十点多了。Eason的住家也是非常善解人意，在外面吃完晚饭回来后，跟我们打了个招呼就上楼去了，给了我们充分的自由空间。

火锅是好吃，但收拾东西和洗碗就不是那么开心了。幸好有洗碗机，把盘子、碗筷略做清理后放进洗碗机，就让它认真工作吧。

几个吃饱喝足的小伙伴躺倒在沙发上，回味着火锅的滋味，讨论着杭州哪家火锅店最有特色，仿佛时光倒流一般。想起了在家时跟老爸老妈一起吃火锅的温馨，也想到独自在外，能够自己照顾好自己，让家人放心，是我能做也是最愿做的事了。

雪夜高速爆胎

转眼春节就到了。

这里过春节虽然不放假，我还是非常开心，因为老爸老妈趁着春节假期飞到美国来看我了。

在美国如果没有车，出行是很不方便的。可能是因为人工成本太高吧，这里街上跑的出租车和公交车非常少。而这里地方又特别大，去趟超市或者去上学，稍微出个门就是十几英里。公路倒是修得挺好，高速就穿梭在城区里，随时可以上下，而且不收费，所以路上的车很多也都开得很快，十几二十英里的路程开车十来分钟就到了。

说实话，我还是很担心老爸老妈来这里交通问题怎么解决。虽然他们来前已经在网上租好车子，说是一下飞机就能在租车行提车，用导航开到我的住家，我还是很不放心。直到那天他们飞机下来，租了车子，冒着大雨开来，把车停在住家房子门前，我才惊喜地相信老爸老妈的能力还是相当可以的。他俩也很开心，第一次租车经历还不错。

租车的开心在一个周末被打破了。

那个周末正好有三天休息，我们就乘飞机到华盛顿玩了一圈。就在我们飞回代顿那天，飞机落地已经是深夜了，天空还下着鹅毛大雪，劈头盖脸地打在脸上，气都有点透不过来。我们瑟瑟发抖地从机场大厅出来，上了接驳车，来到我们订好的租车行。拿到车钥匙，到停车场找到属于我们的一辆Jeep，就赶紧钻进了车里。本来应该先绕着车看一圈检查一下的，但因为时间太晚，天也很黑，雪又特别大，所以我们三个都疏忽了，直接坐上车开走了。

车子开出五六分钟，刚上高速便隐隐约约地听到了“啪啦啪啦”的声音。起初我还以为是窗外的风声，但当声音越来越大时，我就感觉不对劲儿了。老爸老妈也听到了，这个声音就是从我们自己车后面传来的。

老爸有点着急地问：“怎么回事？”

我说：“不知道呀，不过赶紧先停下来，下去看一下吧。”

等老爸把车停在硬路肩上，老妈赶紧下去看了一下，上来告诉我们：“完了，右后轮胎爆掉了！”

我一听就急了：“严重吗？还能不能开？”

“肯定不能开了，口子有十来厘米长，整个胎全瘪了。”

老妈摇着头说。

稍微愣了几秒钟，我对老爸说："高速上停着不安全，先开下去吧。"

于是老爸急忙在前面不远的一个路口开了下去，开到了一家灯光很亮的银行门口。停下来一检查，果然是右后轮的车胎爆了。

"一定是刚才我们借车的时候就有问题了，不然也不会才开了几分钟车胎就这样了。"老爸沮丧地说。

每年都能感受到代顿的寒冷和大雪。

我也是第一次遇到这样的情况，有点不知所措。但是三个人中间只有我的英语能应对一下，还是看我的吧。我先给租车行的人打电话说明了情况，他们倒是态度很好，说如果自己会换轮胎，就把车里的备胎换上开走就行了。如果不会换轮胎，就只有向维修公司报修了，说着还给了我一个电话号码，说是汽车维修公司24小时报修热线。

因为老爸老妈不会换轮胎，我只有打电话了。电话打通之后，对方很有耐心地问了车子的情况，爆了几个胎，

爆的哪个胎，需不需要拖车，我们停着的位置等；又让我把车钥匙上带着的有个小牌牌上的几串数字一一报过去，才算把所有程序走完。说得我口干舌燥，挂了电话一看，好嘛，足足打了十二分钟！

然后就只能耐心等待维修人员的到来。用手机放着音乐，看着外面一团团白色的雪片映着银行门前橘色的灯光落下来，不时跟老爸老妈聊几句，除了有点困，有点冷，倒也是很不错的一种体验。

大约过了四十分钟，终于看见了远处一辆闪着黄灯的巨大拖车向我们驶来，我真是觉得这一刻仿佛就像漂流在孤岛上的人，终于等到了天上的飞机或者路过的轮船来拯救我们了！

拖车开过来，停稳了，车里下来一个很友好的大叔，他先帮我们看了看轮胎，然后从后备厢中取出了备用的轮胎，十分麻利地帮我们换上，整个过程不到十分钟。

我们发自内心地一个劲儿跟他说“Thank you”，他笑着冲我们挥了挥手，又开着他的巨无霸融进了风雪中。

安全起见，我们小心翼翼地把车开回租车行，换了一辆新车重新上路。这次上车前我们可是左左右右、前前后后都仔仔细细地检查了一遍，确认一切正常了才上路。

就这样来来回回折腾了大半天，等开回酒店时已经后半夜了。第二天的课还要去上，赶紧抓紧剩下不多的几个小时沉沉睡去……

向往十八岁

十八岁生日注定是一个十分不平常的日子。

在国内，十八岁就正式迈入“成人”的门槛了，意味着拿着身份证就可以自己登记入住酒店或买飞机票了。首先想到这两件事，是因为这个对我影响实在太大了。

刚来这里时我离十八岁还差着一大截，来的时候是跟几个小伙伴一起订的票，其中有满十八岁的，所以没觉得有什么问题。等到来年放暑假回国时，十八岁的小伙伴放假时间跟我们不一样，没能一起走，一大串问题就出来了。

先是订票时要详细填写我在美国监护人的信息和接机人员的信息，我填了美国和中国的两个妈妈，到了乘飞机那天住家爸爸送我到机场时，才发现因为送机人跟订票时填的监护人信息不一致，不能办理登机。后来又赶紧打电话让住家妈妈赶到机场，才算顺利办好了手续。然后我又赶紧微信跟老妈联系，让她在上海接机时一定要来，不然接机人信息对不上，会不会不让我出关回家?!

好不容易进了机场，谁知更晕的事在等着我——按美国民航的规定，未满十六岁的未成年人，没有成人陪同坐飞机的话，要“享受”单独未成年人服务。也就是在机场接送时，需要监护人与航空公司人员交接，由航空公司人员监护着上下飞机。于是，我被迫跟一群从五六岁到十来岁都有的小孩们一起，在专门的休息室里享用着薯片、爆米花和各种饮料，登机时有不用排队的专门通道，行李也不用自己存取，有人帮我们办理，一边“幸福而悲催”地“享受”着，一边默默地计算着好大一块心理阴影的面积。

在我踮着脚尖使劲往十八岁张望的时候，住家大儿子的十八岁生日到来了。他的充满美式特色和仪式感的十八岁生日，给我留下了深刻的印象。

住家两个儿子都在打篮球，一周差不多有四个晚上都要训练，平时也会有一些比赛。非常凑巧的是，住家大儿子十八岁生日那天，正好是他们那个季度的最后一场篮球赛。像往常一样，季赛时家里人只要能参加的，都会到现场观看并充当啦啦队加油助威。作为住家一分子的我，当然也是不会错过这场比赛了。

住家三女儿在马场工作，周末一家人经常去玩。

那天吃完晚饭，我们就开车去往大儿子比赛的地方。车上住家妈妈一直开心地笑着说着，我这才发现住家妈妈今天穿得特别庄重，住家爸爸的衬衫也是烫得笔挺。

“今天是什么日子呀？你们俩这么精心打扮的……”我好奇地问道。

住家妈妈乐呵呵地回答：“是个很大的好日子，Austin今天十八岁了！”

“哦——十八岁，成人礼？”在我有限的想象里，也就能想到这个了。因为我们学校有时也会为刚满十八岁的学生举行舞会，男的西装衬衫领结，女的礼服长裙飘飘，一个个帅哥靓姐是学校一道道青春洋溢的风景。

“也算是成人礼吧。”住家妈妈笑着说。

听她一路解释，我才知道到了十八岁，男孩女孩就得到家长许可，可以谈恋爱了！所以今天Austin的女朋友也会带着爸爸妈妈来看比赛，就当是家长见面了，当然要穿得庄重了。

我听完真是被惊到了，没想到美国父母对自己孩子谈恋爱这么宽松！在国内这个年龄别说谈恋爱，就是哪个男生女生关系好点、说话多点，大约都是会被约谈家长的。而在这里，十八岁仿佛就是一条分界线，线的左边男孩子跟女孩子打电话都要悄悄地，线的右边就可以堂而皇之地见家长。这太神奇了！

我把所想的这些讲给住家听，住家爸爸、妈妈都笑了起来。住家妈妈告诉我说她的大儿子一直是一个比较害羞的人，平时也不怎么和女孩子讲话。突然有一天，这个女孩在中午吃饭的时候和他讲了一句话，然后突然间“Ben!”一下（此处住家原话哈，很形象），两人像被一支小箭同时射中胸口一样，他们就在一起了。

哈哈，难道这就是传说中的一见钟情？好浪漫的感觉，是不是有点像电视剧里的情节？

到了球场，两家大人和亲友团热情地打招呼，互相握手拥抱。我们来了一大家，女孩子的爸爸妈妈、爷爷奶奶也是来了一大群。不得不说，不管是国内还是在这里，见家长的仪式都还是蛮隆重的。

打过招呼，先看球赛。两大家子人坐在一起，每当住家大儿子进球时，大家都为他送去热烈的掌声和呐喊。而住家大儿子因为知道今天的看台上有几位重要的人在看着他，打得也是格外地卖力，接连进球、势不可挡的样子，为他们队拿了好多分。

球赛终于结束了，我们两家一起去了外面消夜。这是我们两家人第一次坐在一起吃饭，但一点没有拘谨、陌生的感觉。女孩子一家都是很容易交流的人，她的妈妈是一个老师，本来就挺善于聊的，而住家爸爸妈妈更是热情开朗，所以一坐下便热火朝天地聊了起来。

我和住家小儿子坐在旁边，一边吃着东西，一边不时向住家大儿子和他女朋友提着问题，刺探他们的恋爱史。他俩表现出少有的害羞，坐在一边脸都红了，把我们都逗笑了，也就不难为他们了。

那天回到家里，住家爸爸还很认真地跟住家大儿子上了一堂恋爱课，包括男人应该建立的责任感，对女孩子的关爱与尊重等。因为第二天是周末，住家爸爸还跟大儿子一起列出吃饭、看电影、几点钟送女孩子回家等约会清单，交代约会时的穿着和礼仪，实在是很有爱。

当然，年满十八岁，得到恋爱许可的住家大儿子有时表现得也很膨胀。

那天佳家小儿子买了件非常喜欢的卫衣，很得意地穿着在哥哥面前嘚瑟，问着："好不好看？羡不羡慕？"

佳家大儿子抬眼看了看，淡定地说了句："你有新衣服，我有女朋友。"

佳家小儿子立马没脾气了，我在旁边笑弯了腰，仿佛听见佳家小儿子内心的呐喊："年龄真是伤不起！十八岁啊，你快点来吧！"

亚特兰大之行

“儿子，寒假快到了，放假回来吗？”老妈视频时问我。

我说：“不回来了，想跟Jimmy一起到亚特兰大去，征求一下您的意见看行不？”

这是来美国的第二个寒假，寒假跟Jimmy约好到亚特兰大走一走。跟老妈一说，没想到她比我还兴奋：“亚特兰大？太好了！一定要去当年的奥运场馆看一看哈！”

“奥运场馆？”我嘴上应着“好的”，心里觉得想笑，亚特兰大奥运会是1996年举办的，又过了好几年我才出生，对那里举办过奥运会兴趣不大。不过老妈那时候正年轻，当时看比赛估计跟现在我看NBA一样激动，所以一说亚特兰大她就想到奥运会了。

其实亚特兰大有意思的地方可多了，跟Jimmy做攻略时选项太多，都有点挑花眼了。我们在网上挑挑选选，选定了游客推荐度高的几个地方，如佐治亚水族馆、可口可乐总部、百年奥运公园等，还搜索标注出许多有特色的小餐馆，到时候可以去一饱口福。

我们是上午的飞机，中间经停、转机一顿折腾，差不多晚上十点才到亚特兰大。打车前往酒店，一路上只见高楼大厦林立，五颜六色的霓虹射灯把天空照得如同白昼。街道两边有很多商店，购物中心、酒吧、餐厅的招牌灯箱格外明亮，路上人来人往很是热闹。看着这些，我不禁在心里感叹：这才是大都市呀，我平时住的代顿跟这里比简直像个小农村了。

酒店是网上提前定好的，出租车司机路很熟，很顺利地就开到了。在路上颠簸十几个小时，我困得眼睛都快睁不开了，大约记得酒店大堂很宽敞，进门有一座人造假山，还有个大大的泳池，其他什么也顾不得，办好入住走进房间就一头扑到床上香甜地呼呼大睡。

第二天我们去了亚特兰大最著名的佐治亚水族馆，这是世界上最大的水族馆，外形像是神话故事中的“诺亚方舟”，有十多万只、五百多个种类的海洋生物在这里生活。在里面参观，就像走进了海底世界，让我们眼花缭乱。

我们先去看了网评口碑很好的4D影片，其实影片内容倒不见得怎么精彩，就是跟随一只名叫Deepo的小丑鱼在海里游弋。奇特之处在于，看这个电影除了戴上特制

水族馆里的小精灵们。

眼镜，感受3D立体效果之外，我们可以像Deepo一样感受到大海里的感觉，比如飞溅的凉凉的水花、轻盈的水泡泡、半透明的水母触须扫过手背等，实在是太有意思了。

来到Ocean Voyager（大航海家）区域，蓝幽幽的海底隧道吸引着我们往前走，一群群小鱼欢快地从我们头顶掠过。突然一片阴影笼罩下来，抬头一看，可把我们吓坏了！一条巨大的魔鬼鱼耀武扬威地遮住了我们头顶的光线，像一个披着黑斗篷的巫婆一样。但仔细看时，它肚皮上看起来像是眼睛的两个洞（其实是它的鼻子）和嘴巴构成一张笑眯眯的囧脸，还是很有喜感的。这个区域还

世界上最大的鱼类——鲸鲨。

有巨大的水族箱，里面生活着世界上最大的鱼类——鲸鲨，个子大得吓人，模样却笨笨的，很可爱。

在River Scout（河道追踪）区域体验在河底穿行的感觉，在Cold Water Quest(冷水探索)区域看企鹅、白鲸和海豹，一边看一边惊叹，一边不停地用手机拍着。照片拍了足足有几百张。感觉看过这个水族馆之后，其他的水族馆真的都不会再有兴趣去看了。

接下来的两天时间去了可口可乐总部，也到奥林匹克体育场外面转了一圈，拍了几张照片发给老妈，算是圆了她的心愿。

亚特兰大是美国三大高地城市之一，是美国佐治亚州首府和最大的工商业城市，据说还是美国富豪最集中的地方。我跟Jimmy在街上走时，老是会有一种感觉，觉得我们对面遇见的满头白发、其貌不扬的老人，说不定就是资产千万美元以上的富豪。

富人多，说明这个城市十分繁荣发达，因此整体还是蛮安全的。来这里之前住家爸爸跟我说，虽然亚特兰大黑人占总人口的一半还多，但是因为经济繁荣，这里的黑人大多受过高等教育，素质高，也富有，可以说是全美国最平等的城市。有个笑话说当地人也自恋地称“这里繁荣到没有工夫去搞歧视了”。

到了晚上，看着外面灯火通明，我和Jimmy很想出去逛逛，但想着住家爸爸的提醒“在外面一定要注意安全，尤其是晚上最好不要到太偏僻的地方，小心一点总是好的”，还是老老实实待在宾馆房间里吧，省得让大人们担心。

亚特兰大的温度也比较暖和，我们在这里的几天基本都在零度上下，比起我住的代顿天天零下十几度来说已经很是不错了。每天看景、逛街、吃美食，很悠闲地体验着亚特兰大的城市生活。

到了离开的时候，竟然有点恋恋不舍了。这是个让人来了不想走，走了还想来的地方呢。

好吧，亚特兰大再见，有机会我会再来……

五彩斑斓的水底世界。

可口可乐世界

从小我就喜欢喝可乐。夏天从热得喘不过气的路上走回家，到冰箱里拿出一瓶冰镇可乐，拧开瓶盖，仰起脖子一口气灌下小半瓶，把热气从毛孔里都给逼出去了，真是浑身舒服。

喜欢喝可乐，也知道可口可乐的老家在美国，但直到要去亚特兰大，才知道这里是可口可乐的故乡。

亚特兰大的可口可乐总部，也兼有可口可乐博物馆的功能。博物馆是在上午十点开门，由于是提前预约过的，我和小伙伴Jimmy早上起床后也不着急，慢悠悠地吃了早饭，走着来到博物馆。

我们到达时是十点半，门口已经排起了长长的队伍，我们无奈地看了看，也加入了排队的行列。看来这里真是来亚特兰大旅游必到的一个地方。排队的人一看就是来自世界各地，从肤色看有黑人、白人、黄种人，来自不同国家，说着英语、汉语、韩语和其他听不懂的外国话，叽里呱啦，挺新鲜的。

排队人员是一拨一拨进去的。进到第一个大厅，工作人员会给每人发一张可口可乐博物馆的地图，旁边还可以领取一罐可口可乐，可惜队伍排得实在太长了，所以我们领到地图就继续往里走，没有再去排队领免费的可乐。

进入参观的第一个场馆，四周的墙上满满的都是照片，记录着可口可乐的历史和可口可乐在不同国家的产品样子。有一个讲解员专门负责介绍，他说世界上有两百多个国家和地区生产可口可乐，可口可乐已经跟好莱坞大片、NBA篮球一样，成为美国文化的一种标志。墙上的照片就是可口可乐占领世界市场的版图了。最有趣的是他看到我们是中国人，就不时冲着我们讲几句中文，发音不算标准，但是也能听得懂，我们笑着给他竖大拇指，他也很开心。他的这个小小的举动，也说明这里有不少中国人来光顾了。

再往里走就是自由活动区了。只见一个很大的厅搭建成冰山的背景，冰山前面站着可口可乐公司的招牌明星——北极熊，系着印有“Coca Cola”标志的红围巾，毛茸茸的身体微微向前倾斜，十分憨态可掬。很多人走到

可口可乐的招牌明星——北极熊。

旁边跟它合影，我也跑过去跟它拍了张照。

可口可乐公司是奥运会的大赞助商，所以在这里我们还看到了历届奥运会的火炬和各种各样的纪念章。

博物馆里还有一个演示可口可乐加工包装的迷你版生产线，进去之后是一条长长的隧道。我们一路走过去可以看到可口可乐的装瓶、封盖过程，而且这个流水线的灌装速度被特意放慢了，游客能更清楚地看到一瓶一瓶玻璃装的可口可乐在传送带上滑过去，最终成为成品装箱打包。

最开心的就是体验环节了，这可是可口可乐博物馆的一个特色。在这里免费提供可口可乐所生产的各种类饮料，能喝多少就喝多少，喝不完还可装罐带走。这下子我们就庆幸“刚才进门时亏得没有领那罐免费可乐”，不然现在都喝不下了。我们欣赏着旁边陈列的各个时期的

可口可乐总部。

可乐瓶子和不同年代、不同语言、五花八门的可口可乐广告，在美味吧品尝着来自世界各地的各种可口可乐产品，包括汽爽饮料、果汁饮料、茶饮料和运动饮料等。

我先尝了中国口味的，嗯，还是那么熟悉的味道。看到非洲区域有一个胡萝卜口味的，感觉也是十分新奇，怀着试一试的心情尝了一口，酸酸甜甜的味道还不错。而我在欧洲区一个一个口味尝过去的时候，突然尝到了一个标注是柠檬味的汽水，一口下去差点没有吐出来，感觉比我小时候吃的中药还苦，心想“这么难喝的东西会有人喝吗”。这真是一种很新奇的舌尖上的体验，这个汽水让我一辈子都忘不了它的味道。

在参观结束前，我们还逛了一圈礼品店，买了一堆东西，如给自己买了一个可口可乐的水杯；给住家小儿子买了个可口可乐的小挂件；还买了两个玻璃的装盐和胡椒的小瓶子给住家妈妈，因为她特别喜欢这种小巧精致的玻璃制品。

后来证明我的眼光还是很不错的，挑的礼物大家都很喜欢，尤其是那两个调料瓶，住家妈妈非常喜欢，放在餐桌上天天在用。

纽约跨年之旅

据说，纽约跨年是世界上最盛大的跨年活动，没有之一！今年寒假是我到美国将要度过的第三个寒假，我就跟小伙伴Jimmy一起，到纽约开启一场跨年之旅。

今年寒假，我的许多小伙伴都选择回国，约我一起回去时，我感觉二十来天的寒假，说长不长，说短不短，除去飞来飞去的时间，在家也待不了几天，就不想回国了。但是如果一直待在住家家里，又肯定会觉得太无聊。于是跟小伙伴Jimmy一起商量，Jimmy提议："既然你没有去过纽约，要不就去纽约感受感受跨年的气氛吧？"

这主意不错，我立刻就同意了。

请示过老妈之后，我们就开始研究机票和酒店。原本以为还有一个多月才放假，等慢慢研究好了再定也没关系。谁知道上网一查机票、酒店一天一个价格地往上涨，我们赶紧看好就下单了。下单时才发现，本来看好的家庭旅馆式温馨又便宜的旅馆已经被抢光了，只好又换了家酒店，价格贵了好多。可见纽约跨年有多火爆。

一路顺利到达纽约，以跨年的名义开启了为期七天的纽约深度游。

纽约的大都会艺术博物馆是纽约之行必须要去的地方。这是美国最大的艺术博物馆，跟英国伦敦的大英博物馆、法国巴黎的卢浮宫、俄罗斯圣彼得堡的艾尔米塔会博物馆并称为“世界四大博物馆”，收藏了来自世界各地的三百多万件文物。我们的故宫博物院有一百多万件文物，跟大都会艺术博物馆相比还是差了不少。

大都会艺术博物馆很大，整整四个街区的范围，都是它的地盘。而纽约的地铁也实在是错综复杂，指路标识也很不明显，我们在寒风中瑟瑟发抖地走啊走，费了好大劲才搞懂要坐哪条线，是要去uptown还是downtown，最后总算找对了去博物馆的站点和方向。

终于到了博物馆，一进门我就被震撼到了。穿过高大宽阔的大厅，走进一个个专题展厅，许多原来在书本里看到的油画、雕塑、陶瓷、建筑、珍宝等闪得眼前一片金星。藏品太多了，光是馆内的陈列室就有将近两百五十个，一个一个看过来，估计一个月都看不完。大致浏览了一下，我们直奔最喜欢的欧洲绘画馆。

大都会博物馆的欧洲绘画馆被誉为“印象派宝库”，汇集了十九世纪和二十世纪初欧洲绘画大师们的精品，走过毕加索、塞尚、德加等的作品，终于找到了我最喜欢的，也是馆藏最珍贵的作品——莫奈的《睡莲》和梵高的《星空》。印象派鼻祖莫奈画的朦胧缥缈的一池睡莲很有意境，而梵高用明快的色彩画出来的星空更是让我喜欢。我现在的床头就挂着一幅临摹《星空》的油画，是我万里迢迢从国内带来的呢！

我最喜欢这里看画的感觉，没有护栏，没有玻璃罩，

莫奈的《睡莲》。

没有冷冰冰的保安守卫在画前警惕地盯着，绝大多数的画我们都可以非常近距离地欣赏。如雷贯耳的艺术珍品突然就这么无遮无拦地呈现着，让人有种很安心很温暖的亲近感，真的很赞。

最喜欢的油画看过了，之后就放慢脚步，看了罗丹的著名雕塑《思想者》，看了埃及法老的石棺、木乃伊和很多奢华的陪葬品，还看了各种武器、盔甲陈列。在艺术氛围的熏陶中，一天时间就过去了。

第二天就是旧年的最后一天，准备跨年了。

时代广场的跨年水晶球倒数是一定要去的。这项活

梵高的《星空》。

画面很有视觉冲击力哦！

动拥有一百多年的历史，每年都能吸引来自世界各地的近十万游客来此扎堆，跟上海外滩的跨年倒数有的一拼。这都到纽约了，我们当然也要去凑个热闹。

没去之前，看报道说，一般至少要提前十个小时到时代广场去占据有利位置。我们也早早出发了。路上人很多，临近中午时沿路的大部分餐厅都是客满。还好我们在一个月前订机票做攻略时，就选好了餐厅订好了位置，不然大冷天的吃不上热饭就太悲催了。

因为这一天广场安保措施十分严格，市中心的街道和地铁也都封闭了，我们只好地铁坐到离时代广场最近的一站下车，然后步行过去。

广场上划分出一格一格的区域，下午两点开始安检放人，把一个个格子填满，五点之后就不让人进入了。来得迟的就只有一条街道一条街道往外围隔离了。站好了位置也不能随意出去，只出不进的原则下，一出去就回不到原来的好位置了。

我跟Jimmy一合计，真挤在里面也挺痛苦的，渴着、饿着、冻着，还无法上卫生间，还是不往核心区域挤了吧。于是我们在能够遥望到时钟和水晶球的地方，找了家咖啡厅坐着。在暖暖的空调、香喷喷的咖啡气息里，看着外面来来往往的人群，也是一种很有意思的体验。

到晚上十点多了，街道上已经是人山人海。我们走出咖啡厅，站在远远的街角，看着整条大街霓虹闪烁，听着

时代广场的跨年狂欢。

广场中心跨年演唱会上远远传来的劲爆旋律，等待着新年到来。

才站了一会儿，阵阵的寒风就把我冻了个透。十二月份应该是纽约一年中最冷的时候，晚上气温零下十多度，风吹在脸上像小刀刮着一样，我恨不得用围巾把整个脸都给包起来。上身穿着厚厚的羽绒服还好，只穿了条单裤的双腿不一会儿就冻麻了，刺刺地痛着。我在风中抖着，心里念叨着："坚持，坚持一下，就快好了！"

但寒风没有消减周围人们的激情。随着时钟下面大屏幕显示出了59秒倒计时，人们就异口同声地数着5、4、3、2、1！——光芒四射的水晶球掉落，“2018”的数字亮起来，人群中一声声尖叫声、灿烂的烟花、欢腾的彩纸彩带，把时代广场带进欢乐的海洋，新的一年到来了！

之后的几天，我们乘船参观了自由女神像，跑到帝国大厦外面拍了拍照，逛了自然艺术博物馆，还预约吃了一顿号称“全纽约最好的牛排”，貌似很高大上，味道实在不见得怎么好。

愉快的纽约之行结束时出了点状况，连续几天暴雪，导致纽约机场大量航班取消，我们的航班也在其中。

这下晕菜了。本来计划得挺好，回去再休息一天就是开学的日子；现在航班取消了，第二天雪会不会停，航班能不能恢复也不知道，心里着急起来。

第二天窝在酒店里哪儿也不想去了，坐立不安着，隔一会儿就趴窗口看看雪停了没有。还好到傍晚时雪停了，机场打电话来通知我们“明天航班正常”，总算不会耽误开学了，这才放下心来睡了个安稳觉。

我们在开学之前顺利返回，圆满结束了我们的纽约跨年之旅。

第二辑——开课了

初识校园

当初申请美国时，有一点很让我想不明白：来美国之前我读初二，来到这里却是要读高一了！

怎么回事？难道我跳过了初三？！

后来才知道美国的初中是两年，高中是四年，所以我来的时候正好是这里的初中毕业，我就成了高一新生。

作为新生的我，开学前对美国校园充满了各种想象：校园大不大？教室是怎么样的？在这里我会很快认识好朋友吗？……脑子里盘旋着像“十万个为什么”那么多的问号，有点期待，有点兴奋，又有点忐忑地期待着学校为新生举办的Orientation（学前培训）。

每年开学前一周，我们这所学校都专门会为新入学的国际生举办一个Orientation（学前培训）。主要内容是带大家参观一下校园，了解一下学校的文化，同时有一些自由活动，如游泳派对、羽毛球活动等。新生们可以在活动中相互认识、交流，以便开学以后能够更快地适应学校生活。

去学校参加Orientation那天，我很早就醒了。看我跃跃欲试的样子，洗漱完毕，吃过早饭，住家妈妈就早早地送我出门到学校去。

心情太复杂，一路上都没怎么注意窗外的风景，车子就已经停到学校门口了。因为还没正式开学，校门口的车子不多，跟住家妈妈说好放学接我的时间，我就开心地跑进了学校。

沿着教学楼长长的走廊找到集合的教室，发现已经有学生在坐着了。我找了个位子坐下，然后看到又陆续有同学走了进来。不一会儿人就到齐了，大约有十七八个，这就是全校今年全部的国际生新生了。

人虽然不多，肤色却很有意思，有像我一样的黄种人，有金发碧眼的白种人，也有皮肤黝黑来自非洲的同学。大家聚在一起略带羞涩、拘谨地聊天，说着不是很熟练的英语，间或夹杂着不同的母语，实在很有新鲜感。

在简单地做过自我介绍之后，我们每人由一个高年级的美国学生带着参观校园。带我的人叫Ellie，一个很友

我的学校。

善的美国女生。她领着我一路走一路讲解:“这里是英文教室。”“这里是数学教室。”“这里是陶艺教室。看，那边放着的大家伙就是烧陶艺作品的炉子……”看我对她的话有点反应不过来时，Ellie还有意放慢了语速，让我能更好地听懂她的话。

听着她兴致勃勃的讲解，我不由问出心中的疑惑:“每门课都要找到相对应的教室去上吗?那不是每天要换好多个教室上课?”

Ellie笑着点头。听懂了她随后的讲解，才知道美国的高中和国内的高中有些不同，上课方式跟国内的大学倒十分相似，都是走读的，每上完一节课就要去你下一节课的课堂。根据选课的不同，有可能前一节课在一楼教室，

Ellie 带我熟悉学校。

下一节就要跑到五楼的某个教室了。

“这么远的距离的话，如果老师拖堂，会不会来不及找下一个教室啊?”我小小地质疑了一下。

“所以老师是从来不会拖堂的。”Ellie很快地回答，然后我们都笑了。

一上午的时间很快就过去了，学校的集合快结束时，住家妈妈也发信息说她已经到校门口来接我了。

跟大家道别后，我离开校园。到开学前的这段时间里，学校还要给我们组织一些活动。对于即将开启的美高校园生活，我充满了期待……

遇见选课制

小学时曾经读到过一篇短文:一头马戏团的小象,小时候很淘气,总想到处跑动。人们在它腿上拴一根细铁链,它很不习惯,但也挣不脱,只好在铁链范围内活动。直到长成了大象,可以轻而易举地挣脱那根细链子时,它也不挣扎。在那根链子的约束下,听从安排、懒得改变已经成为一种习惯。

说这个故事是因为来这里以后遇见自由宽松的选课制,让我像突然没有了铁链束缚的小象一样,有点无所适从。

从小学到初中,我和我的同学们一样,所有的课都是学校在开学时就安排好的。我们被分配到某一个班级,从入学一直到毕业,都是这个班的同学,这几个老师跟班。除了每年教室楼层和班级名称升个级，其他都不会有变化。

所以美国学校的选课制给我的印象十分深刻。

刚到这里，新生报到的那天，完成报到的事情后，就有一个胖胖的老师带我到了他的办公室。这个办公室倒是跟国内学校老师的办公室差不多简洁。进门后，老师热情地招呼我坐下，我觉得十分困惑，心想："欸？这是要干吗？"

这时，那个老师把一张纸递到我面前，看我一脸懵懂，他笑着告诉我这是科目目录，让我挑选今年要学的课程。

这可太让人意外了，原来这边的课还可以自己选的！

我仔细研究一下这张密密麻麻的目录，里面有二三

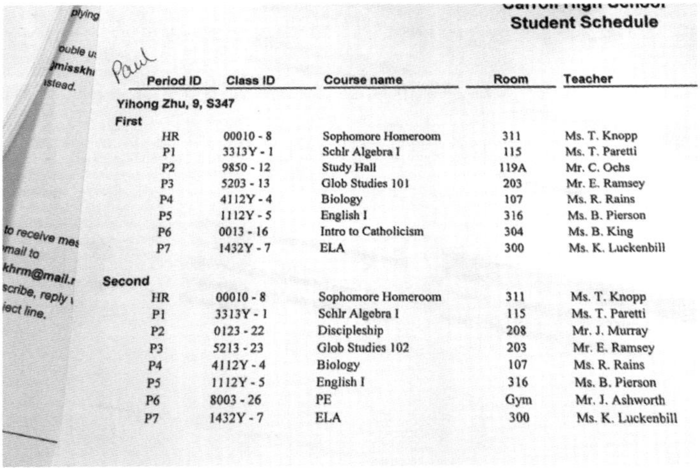

Student Schedule

Paul

Period ID	Class ID	Course name	Room	Teacher
Yihong Zhu, 9, S347				
First				
HR	00010 - 8	Sophomore Homeroom	311	Ms. T. Knopp
P1	3313Y - 1	Schlr Algebra I	115	Ms. T. Paretti
P2	9850 - 12	Study Hall	119A	Mr. C. Ochs
P3	5203 - 13	Glob Studies 101	203	Mr. E. Ramsey
P4	4112Y - 4	Biology	107	Ms. R. Rains
P5	1112Y - 5	English I	316	Ms. B. Pierson
P6	0013 - 16	Intro to Catholicism	304	Ms. B. King
P7	1432Y - 7	ELA	300	Ms. K. Luckenbill
Second				
HR	00010 - 8	Sophomore Homeroom	311	Ms. T. Knopp
P1	3313Y - 1	Schlr Algebra I	115	Ms. T. Paretti
P2	0123 - 22	Discipleship	208	Mr. J. Murray
P3	5213 - 23	Glob Studies 102	203	Mr. E. Ramsey
P4	4112Y - 4	Biology	107	Ms. R. Rains
P5	1112Y - 5	English I	316	Ms. B. Pierson
P6	8003 - 26	PE	Gym	Mr. J. Ashworth
P7	1432Y - 7	ELA	300	Ms. K. Luckenbill

我的第一张专属定制课程表。

十门不同课程，每门课程又有不同的难度系数，分为普通Scholarship（学术）和Honor AP（荣誉AP）。老师先给我简单介绍了每个学期要修几门功课，以及每门功课需要多少学分才可以毕业，让我对选课有了点了解。

我每个学期要修七门功课。除了宗教是必修的之外，剩下的六门课，我先选了数学、英语、生物、历史和ELA，其中ELA是专门为国际学生设计的课，目的就是让国际学生提高英语水平。这是我到美国后的第一学年，因此老师建议我以顺利平稳过渡为主，不要选太难的科目和太深的难度。我对情况一点都不熟悉，当然按老师的建议选了。最后的一门课我选了Study Hall。老师说这节课就是学生可以自己做作业的课，白天其他课程留的家庭作业都可以在这节课完成，十分轻松，有点像国内的自习课吧。

正式上课那天，一到校我就先到老师办公室取上我的专属定制课程表。拿到手之后，习惯性地看看分在哪个教室，却看到每门课后面都标注着不同的英文和数字，才想起那天认识校园时学姐说的，这儿的上学是走读的，上一节课便换一个教室。

嗯，准备上课！

这天，光是找找教室就花了我很长的时间。上午第二节课是在一楼教室，而接下来的那节课却是在五楼的另一头。结果一下课我就拎着书包往楼上跑，那个紧张啊，

校门口宽敞的停车场。

生怕课间这点时间找不到五楼的教室。

但这样上课也是非常有趣，不同的课程，不同的老师，不同的教室，不同的同学。而且每个教室有着不同的风格，就连课桌的摆放都各有不同。比如U.S. History（美国历史）课是有讲台有黑板，老师在前面讲的；Health（健康）课却是大家围成“回”字形，可以交流，可以讨论，随时可以走动，十分民主和宽松。

在新奇、兴奋中第一天课上完了，我对这些教室的位置也都熟悉了。在后来的学习中，我越来越觉得这种自主性很强的选课制，不仅仅是宽松和有趣，更重要的是让我们自己参与规划自己的学业，根据自己的学业水平和兴趣爱好选择课程，可以提高学习的主动性，实在是很赞！

上课第一天

Orientation（学前培训）持续了几次，除了认识校园、熟悉同学，还有选课等等，让我对未来的学习生活有了充足的心理准备。

一周后就正式开学了。

上课第一天发了校牌，领了一些学习用的物品，跟国内开学时差不多的节奏。接下来发的东西让我惊讶了：每个学生配发了一台笔记本电脑，而且是很薄很轻巧、“颜值”很高的电脑。

老师笑着跟我们讲：“这台电脑可是可以跟着你一辈子的，要对它好一点哦！在高中阶段每次期末考试之后电脑交回学校保管，开学时再发回给本人。四年之后等到你毕业了，这电脑便归你了。”

听起来是不是很美?!

接下来开始上课。

没来美高前，从电影、电视、网络或是报纸、杂志之类的描述中，知道美国课堂非常自由开放。在Orientation过程中，Ellie学姐也跟我说了一些上课的趣事。本来以为已经做了充足的心理准备来想象开放、包容的课堂时间，但第一天上课，我还是被美国的课堂自由度给震惊到了。

在这里，上课的时候，起身根本不需要询问老师——当然考试的时候除外。

在这里，人人都可以在课堂上吃东西。中饭时间不够没吃完，可以带到教室里来吃；上着课想吃糖了，直接从口袋掏出一包糖就可以打开吃。

当然，第一次看到一个学生吃糖时，我吃惊的小眼神还没来得及从他拿着糖的手上移开，就看到一只大手伸到了他面前，我抬眼一看更吃惊了，是老师！难道像国内一样，上课吃东西被老师发现了要没收?那么没收以后呢?叫家长?写检查?

没等我想完，接下来他们的举动让我的大脑直接有了片刻的断篇——吃糖的同学淡定地拿了颗糖放到老师的手心，老师笑着接了过去，然后继续上课！

原来，我们老师对于上课吃糖也是有要求的，像这样被他看见了，他就要“征税”了。这个“税”呢，就是也给老

迎着朝霞上学去。

师一颗糖！看来这是美国课堂上大家心照不宣的“潜规则”吧。只是这一个小小的举动，真让人觉得这个老师又好笑又十分可爱。

上课时间还在继续，我的思绪因为这个小插曲有点飘忽。想起了在国内从小学到初中的课堂生活，似乎“背着手”“坐端正”“目视黑板”，始终是学生上课的标配动作；作业认真写，把成绩搞好，似乎是学习和生活的全部内容，其他什么都不重要了，所以上学是件枯燥的事儿。

如果能像今天这样，让我们学生体验到如此丰富多彩、平等宽松的课堂氛围，大家对上课的兴趣也一定会提升不少哦。

旧书的温暖

开学第一天，第一节是数学课。由于书本还没有发给我们，数学老师就让大家互相做自我介绍，并大致介绍了九年级数学教学内容的基本情况。课上到一半，教室的广播响了，老师停下来，示意我们仔细听广播里的通知。

大家安静了片刻，听明白了通知的内容，是图书馆的工作人员在叫我们，说九年级的数学课本已经准备好，大家可以去取了。

老师点头同意之后，我们便兴冲冲地往图书馆跑去。一到图书馆，看见课本便惊呆了——跟国内的课本大小差不多，但厚度完全不同，足足有我们的《新华字典》那么厚！“这么厚的一本书一个学期能学完吗？”从图书馆满头银发的老师手里接过书时，我心里疑惑着。但有疑惑的似乎只有我们两三个国际生，其他的当地同学有礼貌地微笑着接过书，淡定地聊着天走回教室。

我们一人抱着一本重重的书回到了教室。老师很有经验地对我们这些国际新生做了解释。原来在美国，中小学生的书本都是循环使用的，学校的标准叫法是“无偿借用制度”，就是学校把教科书借给我们用，当学期结束时再把书归还回去，这样好让下个年级的人反复使用。

“这样也行？里面的内容难道不变的吗？”我又有点想不明白了。记得初一那年，为了让刚刚小升初的我们能尽快适应初中学习，暑假报到时老师让我们向上一年级的同学借来教材提前预习一下。由于一下子找不到可以借的同学，老妈好不容易问她同事借来了早两年的一套教材，让我先看着。结果开学了，领到新书一看，语文、数学、科学里的许多内容都不一样了。据说这是新修订的教材，我借的是修订前老版的，这下子我暑假里的古文、古诗什么都“白背”了，把我给郁闷的。

接着听老师讲才知道，这里的课本内容很少有变化，政治课本每隔几年也会有修订，一本书可以用三五年，算比较短的；数学、化学、物理等的内容基本不会变，一本书可以用很多年。而且因为这些书“分科不分册”，每本书都包括了这门功课高中阶段的全部内容，所以才会这么厚，跟我们的字典一样沉甸甸的。

一本厚厚的旧书，传递着一个个不可思议的故事和一份份满满的温暖感觉。

说到这里，老师让我们翻开书，看里面干干净净的书页和书本最后面的借书卡，对我们说道："这些书用了许多年，还能保持整洁如新，是因为每一位使用过的同学都很爱护它。"老师让我们一定要保持书本的整洁，不能在书上做标记、划重点，还必须为书包上书皮。"等你们用完以后，要让下一位同学也能用上干干净净的书。"

我一边听着，一边翻开一页页边角已经有点磨软的课本，慢慢地翻到最后一页，看到了借书卡上有长长一串借阅记录，最早的借阅日期竟然是1990年，也就是说比我的年纪足足大了十来岁！在我对课本的记忆内存里，这是多么神奇和不可思议的一件事情啊！

老师接着说，书上不能做笔记，平时上课的笔记都要记到你们自己准备的笔记本上；如果在你完成学业归还书本时，书本有什么损坏，是要赔一笔不小的费用的。

讲完了这些，老师继续上课。我认真地听着，有时手不自觉地就会往书本上写重点，总是写了好几行字了才突然想起这书上可是不能写字的！于是赶紧看看老师有没有发现我，然后再把写上的字迹给擦擦掉。看来在国内上学那么多年养成的习惯，一下子想改掉还是有点困难的；只有时刻在脑子里绷紧一根弦，尽快改掉书上写字的习惯了。这时我似乎理解了老师让我们上课时必须用铅笔的用意，就是怕我们一不留神在书上留下"无法磨灭的痕迹"吧。

第二节的历史课，更不可思议的事情发生了，居然有学生借到了给我们上课的历史老师当年上学时用过的课本！我们老师指着借阅卡上他自己当年的签名，微笑着感叹“真是时光匆匆啊”。

一堂又一堂课，领回了一本又一本书。现在，每天面对着一本本许多人使用过的书本听课、写作业，大脑有时会开个小差，想着这本书一茬又一茬的主人会是什么样的人，现在又在哪里了，会不会记起他们曾经使用过的书本，会不会记得这所他们成长过的学校；有时又会想，若干年后，我用过的这本书不知又会被谁接手使用……

一本厚厚的旧书，不仅传递着环保、节约、爱护书籍的理念，也传递着一个个不可思议的故事和一份份满满的温暖感觉。

家庭作业

既然是学生，家庭作业肯定是必不可少的，美国高中也不例外。

刚来这里时，一听说美高也有家庭作业，我立马斗志昂扬。要知道我可是经历过一晚上八张试卷作为家庭作业的锻炼，经历过每天埋头苦做也要晚上十点半才能完成各科作业的长久战斗，做好这里的家庭作业肯定不在话下。

这里的家庭作业是什么样的呢？开学一段时间以后，我对这里留的家庭作业有了大致的了解。不得不说，跟以前在国内时相比，家庭作业从内容到完成方式还真有蛮多不同的地方。

单兵作战

顾名思义，就是每个人单独完成家庭作业。这类作业多半是书面的，除了作业量不同，做法倒是跟国内差不多。

跟初中时相比，作业量少了不止一星半点。从一段文章里找出生词并抄写下来，完成二十道数学计算题，或者画一幅插画都是家庭作业的内容。

而且数学之类非常简单，遇到两位数、三位数的乘法计算作业，老师会一个挨着一个给同学发放印着算式的作业纸，等他发完我已经完成全部题目了。而这里的学生是不背乘法口诀的，乘法计算都要用计算器完成，所以做题速度慢，二十道题作为家庭作业他们觉得量也不小了。

在开学选课时，我还选了门Study Hall，跟国内的自习课差不多，一部分家庭作业也可以在这节课上做。平时下午三点钟放学时，正常的那点家庭作业，我基本可以完成了。实在还没写完的，回到家再有半个小时也都能搞定。

作业量的差别应该是两地家庭作业很大的不同了。

也许是这里的学校特别注重体育运动之类吧，家庭作业的量真的不大，让学生在写作业之余，能有更多的时间参加各种运动。就像我的住家的两个儿子，每周四个晚上都有篮球训练，周末还经常有篮球比赛，所以他们大多在学校写完作业，放学回来吃完饭就出门训练，到晚上十点来钟才回来。

要知道住家大儿子已经是高三了呢，这样的作业量，国内初三或高三的学生真是不敢想象的。

作弊风波

拿到家庭作业后，完成作业的形式也很是不同。

不再是初中时做试卷、再做试卷，刷题、再刷题，不再是对着一摞书、一叠纸奋斗，也不再把电脑、手机当成违禁品一样严管，这里写作业电脑是必用的。有的科目老师会留纸质作业；有的科目老师用邮件发送作业，完成以后再发邮件传回去；还有的科目老师留的作业可以用几天时间完成，比如周二留的作业，只要周六或下周二之前交就可以，很是灵活。

做作业时，除了有一些有固定答案的题，如数学、英语单词背诵，还会有一些像围绕一个主题制作PPT之类的题，需要在网上查资料，筛选有用的图片、文字，然后根据自己的思路进行制作，等等。

你可别觉得这一类作业很好完成，No!No!No!恰恰相反，刚到美高时一遇到这种作业我就高度警惕——因为一个不留神，就会掉到“作弊”的坑里！

记得刚来不久，有一天的家庭作业老师留了“怎样培

小桌上橘色暖暖的灯光，陪我完成每天的家庭作业。

养良好的兴趣爱好”的PPT作业，并让在下次课堂上拿着自己的作业上台演讲。我回到家，一头扎进网络，很认真地搜了一堆资料，然后按自己的思路整理制作好；到了演讲前一天的晚上，又翻出来熟悉了一遍。第二天课堂上顺利过关，得了个A。

坐在台下听同学们一个个上去讲，大脑开了小差，想着“这作业好像也蛮容易的”,突然就听见老师打断了一个同学的演讲。这个同学也是国际生,来自东南亚,是跟我一起入校的新生。只见老师指着这位同学做的页面上的几行英文,挑出个单词问它的读音、意思。听见老师的打断,不知他是一下子有点蒙,还是查来的资料确实不熟悉,愣了好一会儿没法回答。老师又问“为什么要把这段文字用在这里,是要表达什么”,他越发紧张,更答不出来了。

课堂上的气氛一下子变得有点严肃。老师又问了几个问题,他都沉默不语,后来就被老师认定不及格。原来,抄袭和作弊是美高学业里最不能被容忍的,如果作业中需要引用参考资料,就必须标明出处。像这样从网上摘抄别人的东西来用,又不做注释,就会被认为是“作弊”。而“作弊”的影响可不仅仅是一次作业不合格,严重的话会记入档案,影响以后申请大学甚至找工作呢!

看得心里怕怕的,这些跟国内不同的规则可要记清了,免得一不小心掉坑里。

团结就是力量

美国人篮球打得很棒,橄榄球、板球、足球都是常见的运动项目,这也许能从一个侧面说明他们的团队合作意识很强。

而团队合作意识的培养从他们在学校时就经常在做了。

老师经常会留让学生团队合作的家庭作业，这对于我来说是很新鲜的体验，所以我很喜欢。

遇到分组的作业时，通常是由老师将同学们分成几个小组，每个小组合作完成一个作业。

就说说最近的一次数学课吧。老师给我们留的作业是小组合作，在电影里找出和数学有关的话题，制作PPT，并上台进行演示。分完组后，大家便兴致勃勃地分头行动，去网上找起了和数学有关的各种电影小片段。

我们组的四个成员先扎堆在一起，讨论做什么内容会更酷炫。有人说选 *Good Will Hunting*（《心灵捕手》），里面描写的推理很棒，就是偏重心理了一点；有的说选《死亡密码》也不错，就是有点深奥……

一番头脑风暴之后，我们决定了要选的内容是Card Counting，也就是算牌。按着这个思路，我们选择电影《决战21点》里的片段为作业内容。选择完之后，小组成员开始明确分工，分头行动：我负责找关于算牌的背景和历史，其他成员有人找算牌的原理，有人负责算牌延伸出去的一些知识和领域，有人负责统稿等。

为了保证作业质量，老师也是给了我们十分充裕的时间来完成，所以我们白天在课堂上一起讨论、准备，没有做完的便带回家完成。每个小组成员完成自己那部分后，再把所有内容汇总在一起，由负责统稿的同学最后把模板风格、文字表述、图片形式等统一一下，一个主题明确、内容丰富、页面漂亮的PPT就完成了。大家再在电脑上轮流看一遍，熟悉一下内容，为上台演示做准备。

到了演讲那天，按要求是一个组一个组轮流上去。我组的组员十分大胆，主动举手争取，全班第一个上台进行演示讲解。

我们先放了电影《决战21点》的片段，用电影里高超的算牌技术牢牢吸引住同学们的注意力。放完视频后，我们便按照PPT播放内容，一个接一个有条不紊地开始介绍起算牌的历史和原理，以及算牌的方法。台下的同学们听得跃跃欲试，我们也越讲越有劲儿，仿佛自己都成了赌神一般。

老师也对我们这个小组选择的话题和制作的内容十分感兴趣。在我们组演讲完了之后，他还兴致勃勃地讲起了自己以前的算牌、玩牌的经历，不过听起来好像还是输的时候比较多嘛。

“团结就是力量”这句话，用在这样的美国式家庭作业里，还是蛮合适的。只要是这样的作业，我们小组都能毫无悬念地拿到A。

但有的小组合作时也会出现不测。就在那次有关数学的作业中，有一个小组完成作业以后，在上台演示时出了意外——PPT中间莫名其妙地少了几张，演讲思路就中断了，他们一下子愣住了。停顿了一会儿，虽然磕磕巴巴地说完了，但分数只拿了个C。

后来他们讨论，认为应该是小组某位同学在最后轮阅过程中，不小心按了删除键删掉了几张。

看来，遇到不靠谱的队友，共同完成作业有时也有雷区啊！

ELA之一：没有标准答案的演讲

以前上学，每次做作业时最喜欢的是选择题，最怕做的就是阅读理解。

选择题做起来很爽，正确答案A就是A，B就是B，没有第二种可能。阅读理解就不一样了，读一篇文章，然后回答一连串问题，特别是文章描述了什么，表达了什么，每次很认真地写了一大堆，经老师批改后，常常要用红笔写上一大片标准答案。每次都改得很纠结，我老觉得其实阅读理解只要答案不是很偏很烂，应该都可以的，为什么一定要一字不差地按标准答案写？

这种纠结在我到这里以后就被治愈了。

初到美国的第一个学年，所有的国际学生都必须要上一门名叫ELA的课程，主要是教听说读写，训练我们从对一个话题的思考，到写成文字，再到用语言进行表达，都能与美高的教学尽快同步。

平时ELA的课堂气氛十分轻松，没有什么实质性的作业；即使留有作业，也大都是开放式的，不用顾忌答案不标准被老师批。因此这也是我最喜欢的一门课，没有之一。

这门课有一项作业是有要求的，就是每隔两周必须准备一个话题，围绕这个话题形成一个比较有逻辑性的提纲，再自己查找、收集一些资料，以提纲为主线做成一个PPT演示稿，然后要在全班同学面前演讲。因为在国内的学校课堂上从来没参加过这样的训练，所以我第一次听到需要自己准备材料在全班同学面前演讲时，心里那是相当的胆怯。

开学不久，考验就来了，ELA课堂上要求我们自己选择一个自然现象作为标题，完成一个PPT并在班上演讲。

这个内容倒是难不倒我，从小到大，我一直很喜欢看自然知识类的书，那就选择火山爆发的主题吧。我先在纸上列出提纲，以火山爆发的景象、爆发原因、造成的危害和怎么应对作为主线，然后上网搜索了许多的资料和图片，按照提纲放进我的PPT里，并配上相应的文字。

快完成PPT的制作时，我突然在一篇资料的最后一段读到："在火山的周围有着许多关于吸血鬼和狼人的传说。"

这句话一下子吸引了我，仔仔细细地来回读了几遍，感觉十分有趣，于是便想把这个也放到PPT中去。但同时心里一点儿底也没有，不知道这样做行不行，老师会不会说我跑题，会不会被批评“没有认真完成她布置的作业”，左思右想，实在有点纠结不定。

算了，试试吧！最终我还是决定把吸血鬼和狼人传说放了进去，并且找了一些图片配合这段文字，尽量把PPT做得全面而细致。

到了演讲的那天，尽管已经做了充分的准备，我还是有一些胆怯。为了让自己不紧张，我有一个自创的小技巧，就是永远第一个上台去讲，讲完就放下了，也就不会那么紧张了。不然，在台下看着别人讲，而自己还没讲到，是最紧张的。

端着自己的电脑站到讲台前，我深吸一口气，定了定神，按部就班地一张一张讲下去。效果好像还不错，同学们都很认真地听着，看到图片跳出来，还不时惊叹一下，我觉得互动得还好。但眼角余光扫到讲台旁边的老师，见她一直面无表情地看着我，我心里突然有点发虚，硬着头皮讲了下去，想着：“完了完了，可能过不了关了。”

但是在我讲到吸血鬼和狼人的传说时，老师竟然露出一副十分感兴趣的样子。我的演讲结束后，老师还问我是所有地方的火山都有着这样的传说，还是一些特定的火山。

当时是怎么回答的我都紧张得忘记了，只记得老师

学校生活一角。

微笑着点头，肯定了我的表现，并且顺着我的话题还讲了其他一些吸血鬼、狼人的传说，课堂气氛好极了。

经过了这次演讲，我深深地感受到了美国的课堂自由度和包容度。他们会更注重你的思考，“许多开放的题目答案没有正确或错误，只是你必须有自己的观点，并且自成逻辑”。如果观点独特，就算你要讲的东西可能你自己认为都是有点荒唐的，老师还是会非常认真地听完，并且给出积极的回应和反馈。

来这里越久，不同的科目、不同的老师遇见得越多，我越清晰地体会到这里的课堂没有老师给出的“标准答案”，只有你的思维够不够发散，你敢不敢大声地把你的想法讲出来，你能不能用自己的能力把不同意见统一起来。而这也正是我越来越喜欢美国课堂的主要原因。

ELA之二：有趣的辩论会

又是ELA课了。

经过几周听说读写能力训练，我们这些国际生的口语表达、写作交流都有了一大截提升。于是老师就加大了课程难度，今天的作业是让我们分组准备一场辩论赛。

这可是有点烧脑的事，原来ELA课只是演讲的话，我们只用把资料准备得全一点，上台表现好一点就行了。而辩论就难得多了，既要有鲜明的观点、有力的论据，又要有清晰的逻辑、犀利的口齿，最重要的是脑子反应一定要快，团队合作要给力，不然一不小心就会被对手绕进去，自己打自己巴掌了。

辩论的主题有好几个，学生每三人分成一组，每两组围绕一个主题开展辩论，主题由老师分配。我和另外两个同学分在一组，跟对手三人组辩论的话题是：学校里是不是需要允许学生用自己的手机。

我一听到这个话题心里便乐开了花，我可是最想在学校用手机的人了。在这里，平时上学带手机，学校倒也不禁止，但是进了校门就要求必须关机。有一次住家妈妈临时有事要迟点来接我，只能给我留言。放学后偏偏又忘了开手机，站在校门口的冷风中抖了十多分钟才想起来看留言。不能自由使用手机，还是有点不方便的。今天的辩论老师居然想到这样的话题，是听见了我们内心对手机的渴望和召唤了吗？不管怎么样，这题目出得实在是太接地气了。

老师分配完话题之后便让我们放学回家去做准备，明天的课就从我们组开始拉开辩论赛帷幕。我和队友们商量着大致分配了一下任务，确定一辩、二辩、三辩分别由谁负责，最后的综合陈述任务由谁认领，然后利用课堂剩下的时间开启头脑风暴，理出我们的论点。

由于我们组拿到的是正方观点，支持校园可以用手机，顺着这个思路我们大概列出了几个观点：

第一，手机可以帮助学生更加有效率地学习。做某项作业时可以使用计时器功能，督促自己在限定的时间内迅速完成作业。

第二，使用手机可以节约资源、节约纸张。记录作业、

精彩的辩论赛即将开始。

备忘录提醒、发电子邮件，都可以在手机上无纸化操作完成。

第三，手机可以为学生提供安全保障。危急时刻，手机可不就是呼唤警察叔叔快速出现的不二神器吗！

商量好这些，下课时间也到了，具体的论据要晚上回家去查了。

按分工我负责三辩和总结陈述，针对上面列出的第三个问题辩论。回到家，我就一头扎到网上，开始搜索与这个话题有关的新闻事件。主要找了一些现实生活中的例子，比如一个学校发生了一起枪击事件，就是因为学生身上带着手机，能够在枪击案发生的那一刻马上打电话报警，警察迅速赶到现场，所以没造成更多的人员伤亡。学生上学带着手机，遇到突发事件也可以第一时间联系到家人，通报事件，报个平安，避免恐慌情绪产生或蔓延。

找到论据并进行整理，挑出观点鲜明有用的内容，又跟小组的另外两个小伙伴电话沟通了一下，避免找的事例互相重复或冲突。这些都做好了，就剩最后一步，把资料内容提炼一下，把一些关键信息打印出来做成小卡片，明天上台辩论时可以拿在手里随时取用。

一切准备就绪，只等明天上台舌战！这时才发现肚子已经饿得咕咕直叫，提醒我要下楼去吃点东西了。

第二天一到课堂，精彩的辩论便战火燃起。对手先声夺人，一上台就爆出观点说手机会影响学习，现在各种游戏让很多小学生沉迷其中，学习成绩直线下降。这可是正撞在我们枪口上的，我方一辩准备的正是这方面的事例，从提高学习专注度、提高学习效率、快速查阅资料、简便的计算器功能使用等方面举了例子，并拿出数据把对手辩得干瞪眼。

第二个回合战况基本差不多，对手准备很充分，我方二辩言语更犀利，又胜一回。耶！

接着是我发言。我满怀信心地拿着小卡片，把对手抛过来的问题一一反驳回去："如果没有手机，新闻里有校园暴力事件报道时，你怎么第一时间告诉亲人‘我是安全的’?”“如果没有手机，暴徒冲进学校行凶，又泰然地扬长而去，你怎么在第一时间把报警信号发出去?”“如果没有手机……”

我一连串不带喘气的反问，最终以一句“所以，学生上学带手机不但需要，而且很有必要”结束时，台下观战的同学都笑着纷纷表示赞同。

就在我以为胜券在握时，老师在下面轻飘飘地问了句:“如果学生带手机，考试互相发答案作弊怎么办?”

我心想:“完了，这么个问法，难道老师是不让学生带手机观点的支持者?”再看看两位队友，他们也有点紧张了，因为这个是我们没有准备到的。

略一停顿，两个队友就“可以用高科技手段屏蔽信号，考试时让手机发不出信号”之类说了一些。老师沉思般地看着我们，并不应声，既不像赞成也不像反对的架势让人心里有点没底。

这时我突然想到，队友说的情况国内重大考试时会用到，在这里信号屏蔽装置之类估计学校根本就没有，而且几乎每天都有各门功课的不同考试，哪里屏蔽得过来。想到这里我说道:“如果只是防止考试作弊，考试前把手机收上讲台，由老师统一管理一节课就行了，并不影响学生带手机的其他更重要的作用的发挥。”

“Ok！”老师大声地笑着说，“Just wait for you(就

等你这句话呢)!”

是啊,原本不复杂的问题,是我们想多了,绕着高科技跑了一大圈,回到最简单的处理方法上就行了。

老师给我们打了满分,台下观战的同学们也都热情地鼓掌。

我们也十分开心,擦了擦头上冒出的汗,互相击掌庆祝。

这场辩论赛是我平生第一次参加的辩论赛,紧张而激烈,新鲜而独特。这种让我自由表达观点的开放式教学深深吸引了我,也给予我更多学习的动力。

作业是论文？

到了美国之后，写论文也就成了平时学习很重要的一部分。

从小到大，我的作文还是写得很不错的，报纸《花季·雨季》上不时能发上几篇，作文还经常被老师当作范文在班上朗读，但论文却从来没有写过。在我的印象里，论文好像是很高深的东西，一般都是大学里快毕业时才需要学生写的，内容也应该都是十分深奥的句子和一些看不懂的研究。但没想到刚到高中，老师留的作业就是写paper（论文）。

作为完全没有论文写作意识和经验的我，或者说国内来的同学的普遍感觉就是，写论文实在是件太“烧脑”

的作业。不说要做很多的调查，也不说要查很多的资料，单是“要有批判性思维和逻辑表达能力”就让人头大。在国内时，小学、初中的作业一是一、二是二，连阅读理解、文章的中心思想都有老师给的标准答案，哪里需要那么多的批判性思维，哪里有机会训练独特的个人观点表达？遇到现在的论文作业，刚开始真的是很晕菜。

但是论文作业又是绕不过去的喜马拉雅山，每一科多多少少都有要写论文的作业，英语课要写，宗教课要写，历史课要写……而且论文的成绩还占着综合成绩的很大一部分比重，必须写得格外认真。不然一旦论文成绩没拿到高分，到期末考试时无论怎么努力，都拯救不了最终的GPA（成绩）。

那就只有认真对待了，哪里是短板就从哪里补起。接到每一篇论文作业后，我都认真查资料，从大量资料中找到对写论文有用的内容，找出有独特视角的观点，然后再拟定自己的写作框架，把自己的观点融入进去，清晰地表达出来。

这个说说好像很容易，写起来还是蛮难的。尤其是国内写作“套路”养成的习惯，如优美的文笔、华丽的句子、引用名人名言等，在这里的论文里是十分不受老师待见的。老师认为那是“干扰别人读懂你的文章”的障碍，而论文就是要用“最基本、最清晰的单词，让别人很容易理解你要表达的意思”。

写出简洁明了的论文，训练严谨高效的思维。

记得给我印象最深的一次，便是我的历史课论文作业。那是我刚来的第一个月，历史课对于我来说本来就很难，有许多人名、地名、时间、事件看不懂、记不住，书本上又不让做笔记，我把人名之类中英文对照着写到笔记本上，每次对着书本上密密麻麻的段落中不认识的单词，再到笔记上一个一个对照着查，实在是费劲儿。更何况老师还是全部用英语讲课的，我刚来英语又不太好，所以想要理解就更是困难了，光对付正常作业就手忙脚乱了。谁知有一天上课，老师给我们发下来一张纸，说："这是你们的第一个论文的主题，一个月时间准备并完成，下个月交。"

拿到纸一看，是关于我们最近学习的拿破仑的主题，让我们写一篇关于他生平事迹的论文。虽然是下个月才需要交，但我可不想到最后一刻临时抱佛脚，于是早早地便做起了准备。

我先从课本中开始下手，把关于拿破仑的信息全部给找了出来，写了一段概括的文字。接着便依靠互联网了，网上有大量的资料，但也有大量的"坑"。因为老师说过有很多的网站的资源都是不可靠的，比如像维基百科这样的网站，人人都可以更改上面的信息，所以我在做资料收集时格外小心地略过这些网站。

在老师推荐或同学交流中知道的几个内容相对准确严谨的网站，查了许多论文需要的资料，比如他把法国由共和国变为帝国，建立了庞大的拿破仑帝国体系；他平定了许多次叛乱，颁布了《拿破仑法典》，这可是完善世界法律体系的重要手笔；他率军五次打破英、普、俄等国组成的反法联盟，打赢了五十多场大型的战役，打击了当时欧洲各国的封建制度，但也给人民带来了不少的战争灾难等。

查好资料以后，我又求助万能的度娘，在百度翻译的帮忙下大概理解了意思，然后构建自己的观点和逻辑表达主线，尽量地用自己的话把有关内容写出来。经过一番不懈努力，这篇论文总算圆满完成了，看着足足写满五页纸的论文，我开心地笑了。

这是我接到的第一篇论文作业，虽然在文章结尾时，我习惯性地小小抒情了一下："拿破仑为庆祝打败俄奥联军的胜利下令建造凯旋门，可是他到死也没看到那座宏伟的建筑竣工。建成以后的凯旋门，只迎接到了拿破仑的灵柩从下面缓缓抬过。"老师居然没扣我的分，大概觉得这字数不多的抒情，并不影响我前面论文的完整性吧。

甜蜜的考试

自从到了美国之后，跟国内学校的小伙伴们聊天时，他们不时会冒出这样的话：

“什么？你下午三点钟放学？高中了耶！”

“你作业又写完了？在美国作业怎么那么少……”

“快期末考试了？你们平时学得这么轻松，考试也一定很简单吧？真羡慕你……”

每次听到小伙伴们这么说，我都要费劲地解释半天。

要是单从在校时间和家庭作业的量看，是比以前要少。但作业少并不代表作业容易做，有时候老师留一个短短的论题，要想很好地完成，光上网或从不同的书上查找资料就要花好几个晚上的时间。如果遇到需要小组完成

留学生们不时聚在一起开展活动。

的作业，如制作某个主题的PPT，就要跟同小组的同学一起先分解任务，不但要做好自己这部分，还要等大家完成各自的任务后，拼起来看看效果好不好，然后再一次次修改。总之，作业不像以前有固定数量、固定答案，而是非常灵活，很考验主动思考的能力。

不但作业是这样，考试也很是灵活。一天一小考，每周一大考，每月有月考，当然还有雷打不动的期中、期末考试了。考点很多，形式也很多样。课堂上对某个PPT内容主动发言陈述自己的观点，离下课十分钟来个当堂小测试，等等。所以小伙伴羡慕美国考试轻松时，我说当然不是啦，这世上没什么考试是轻松的，尽管学业比国内轻松好多，但考试起来也是要抽出时间去认真复习和准备的。

接着说考试。美国的许多考试都是在电脑上考的。在每次考试前，老师通常都会给你study guide(学习指南，有点像国内老师划的考试重点)，上面明确地标出你要学习并牢记的东西。通常你只要把老师在上面列举的知识点全部熟悉下来，那你至少能拿A了。

当然如果你单单是期末考试考得好可没用，期末考试的成绩只占你年度成绩的20%—30%。其余的便是你日常作业的完成情况、上课表现和周考、月考的综合评定了。如果你是一个平时比较懒、不喜欢做作业的人，那你就算期末考试次次都拿满分，总成绩仍然不可能好。

跟自由气息浓郁的上课、灵活多样的作业同样让我印象深刻的，是一次考试经历。

那是我到这里后的第一次英语期末考试。由于已经临近美国的新年，早上一到英语教室，进门便感受到了浓浓的喜迎新年的氛围。门口是一棵小小的枞树，挂满了彩灯和装饰品；教室四周的墙壁上也挂着一闪一闪的彩灯和大红色的可以装礼物的毛绒袜子；黑板上贴着一片片白色的老师自己剪的雪花，很温馨、很可爱。

我来到自己的座位，发现每个人的座位上都放着一根拐杖形的缠着彩纸、丝带的棒棒糖，旁边有一张小卡片，上面写着："考试加油！"

哇哦，是老师发给我们的！第一次参加大考的小小忐忑一下子就烟消云散，心里顿时觉得十分开心。

在这样的氛围里考试，嘴里吃着老师为我们准备的棒棒糖，手指在键盘上上下翻飞地答着题，整个教室中都弥漫着甜甜的气氛，真是太奇妙的体验了。

在我不算长也不算短的考试生涯中，严肃的考场纪律、老师板起的脸和紧张的考试心情是标配，而这场甜蜜的考试，因为带着轻松和有趣，在我脑海中留下了深刻的记忆。

打“小抄”去!

这天晚上,和老妈在视频聊天。

正好临近期末考试,老妈便问起了考试准备得怎么样了。

我脱口而出:“放心吧,‘小抄’都准备好了。”

这下可把老妈给吓到了:“什么?小抄?你怎么能打小抄?考试作弊可是大事啊……”一连串惊讶、询问、激动的问号,像滔滔江水劈头盖脸地向我“砸”来,听着是真紧张了,大有恨不得从视频里钻过来的架势。

“哈哈哈哈——”我忍不住笑了起来。

“你还笑!”老妈说。

我摆摆手让老妈别急,等笑够了,才得意地给她解

期末考试结束就是寒假，有好多冰雪运动可以参加哦。

释：我打的“小抄”可不是我们平常理解的作弊用的小抄，而是老师允许我们带到考试现场的“小抄”。

期末考试前一周，化学老师开始带着我们复习要考的知识点了。书本、作业本、练习题一个部分一个部分地复习下去，发现原来一个学期已经学了这么多东西。

书上的知识点有很多是需要记住的，作业里的错题原来都已经订正过，现在复习也要再过一遍。就这样，越复习大家发现不会的东西越多，就不由自主地抱怨：“好难啊！好难啊！”“老师能不能给点考试‘福利’？”

化学老师跟其他几门功课的老师差不多，脾气挺好，平时上课都是一副风趣幽默的样子。布置作业，课堂上交流，跟我们相处得也是非常愉快。

听见大家的叹息，看着大家满含期待的小眼神，化学老师挠了挠头，思考一下之后，突然对我们说：“来，让我给你们看个东西。”只见她从抽屉里拿出一沓厚厚的note card（便条卡片），问道：“有了这个可以吗？”

全班同学不约而同地欢呼了起来：

“Wow，老师最可爱了！”

“老师，我们爱你！”

在同学们激动的欢呼声中，老师给每人发了一张很大的note card。

真是太好了！在这上面，我们可以随意写上感觉记不住或没能掌握的知识点和信息，然后在期末考试的时候，这张卡片就可以拿出来当作“小抄”用。

就这样，我就拿着这一大张note card开始复习了。复习的过程中，能够装进脑子里的内容，我肯定牢牢记住。遇到容易混淆的，比如一位位科学家和他们的事迹时，便果断地把他们抄上了我的卡片。还有一部分是错题整理，在浏览考过的试卷时，我理出了一些答错过的题目，也都一一记到了我的卡片上。

不知不觉，这张卡片被我写得满满的了。用细细的签字笔，整整齐齐地写满蝇头小楷，写得我自己都有点想笑。就这水平，练硬笔书法时都没这么认真呢！而原本很担心的化学科目，也在一点点认真复习、认真梳理中变得条理清晰，好像掌握得还不错，心里有了谱，也就不再那么紧张了。

考试那天，拿到试卷扫了一遍，面对二百道选择题我真是信心十足，一点儿不带慌的，“成竹在胸”这个成语用在这里是最合适不过了。稍微定了定神，我便立即开始答题。题量很大，涉及的知识点非常多，虽然也有一些不会做的题，但这些题大部分都能在我记的卡片上找到答案，完全没有问题。

就这样，我早早地便答完了试卷，后来也拿到了很满意的成绩。我开心极了，心想着能有这样的老师是多么幸运呀！

第三辑 多彩校园

校服多选题

说起校服，脑子里第一印象就是上白下蓝、宽松肥大、穿在身上松松垮垮的运动服。如果不凭头发长短区分，穿上校服后的男生女生都差不多一个样儿。初中时穿着校服上课间操，对着前面一抹色的背影，常常有眼晕的感觉。

一到这里，听说我所在的卡罗高中也需要穿校服，脑海里的小火花就哧啦哧啦迸开了：不会吧！这里也要穿校服？不过——看电影、画报上国外学校的校服都挺好看的，不知道卡罗会发什么样的校服？国内的校服都是开学后不久，各班领回一大堆发给我们的。这里怎么办？也会发给我们吗？但学校也没见过我，我穿多大的尺寸学校怎么会知道?不知道又能发什么大小的给我?

许多许多问号一直盘旋在我脑子里挥之不去。

嗨,不想了,到学校自然就知道了。

后来参加学前培训时知道,卡罗是一所私立学校,所以要穿校服。在美国,一般私立学校都是要求学生穿校服的。生活中如果有人想问“你是在公立学校呢还是私立学校上学”,他们通常只会问“你们要不要穿校服”就可以判断出来了,也是很有意思。

学前培训时,老师告诉我们一个网站——美国校服网,需要穿校服的学校会告诉学生哪几种色彩是本校可以穿的,然后在这个网站上挑选就行。同一种颜色里有不同的款式、厚薄、面料、大小,都可以由学生自己挑选订购。

嗯,这个听上去不错。

但是实际操作起来还是很费了我点工夫的。主要是刚来美国,我的英文也不是太好,打开这个网站,摸索了老半天才完成新用户注册。开始选校服前,我需要先在网站勾选我的学校。这样等我订好校服后,网站的校服生产商会把我们学校的logo印制在我订的校服上。

接下来便是选衣服了,因为卡罗的校徽是由红色和蓝色组成,所以学校定的校服主题颜色也是红色和蓝色,还有一个比较百搭的米色可以选。想着刚刚过完暑假,天气还很热,我选了红色和蓝色的polo衫各一件,米色和藏青色的西装中裤各一条。polo衫是小方领,领口带纽扣的

卡罗的校服是我喜欢的。

款式，挺时尚的。想着过段时间天气就要凉了，我又选了同色同款的长袖和长裤各一套。长裤是很好看的窄管裤脚，面料是纯棉免烫的，看上去很不错。

点击“确认”，下单，完成挑选任务，就等着两周后衣服寄来。

选好之后，我在这个网站上又逛了逛，看到好多衣服都挺好看的，如果不说是校服，平时穿着逛街就是时尚小青年一枚嘛。常规的polo衫、裤子之外，还有毛衣、棒球衫、抓绒服等，只要颜色对头，我都可以选择。等着天冷了再来挑几件吧，我有点期待了。

当然要穿校服的学校，如果不穿校服，被值日老师看到了，是要被处罚的。处罚的形式就是：周四放学多留一个小时。哈哈，“放学留下”，是不是有点熟悉的感觉？

不过，校服我很喜欢，会天天穿着上学，应该不会有被处罚的机会吧！

泳池派对

经过了卡罗国际学生的培训之后，得知我们已经默认加入了学校的International Club（国际俱乐部）。

哇哦，这个名字听起来好高大上！让我有点期待，又有点忐忑。因为国内街上打着大大“CLUB”标志的大都是酒吧、娱乐场所之类。学校的这个“Club”到底是什么呢？

跟旁边的学姐一打听才知道，原来这是学校专门为我们这些在校的国际学生开设的一个俱乐部，会员就是来自世界各地的国际学生。这些会员的国籍不同，有来自亚洲中国、韩国、越南的，有来自欧洲西班牙的，以及来自非洲南非的等等；会员的肤色也不同，有黄有白有黑，像个多民族的大家庭。

这感觉很棒！看来学校考虑得非常周到，也很贴心，为

自由表达观点的开放式教学，激发着更多的学习热情和动力。

我们这些第一次离开家的学生搭了个平台，让我们可以一起活动交流，增加彼此的了解，这会更有利于我们适应学校生活吧。于是，从内心深处就对俱乐部的活动有了期待。

这天培训结束后，住家妈妈开车接上我，行驶在回家的路上。我一边欣赏车窗外高速公路两边的风景，一边跟住家妈妈聊着天。住家妈妈很开心地说她今天收到了学校International Club发来的邮件，让我猜是什么事。

我想了想，有点小兴奋："是不是要组织活动了？"

住家妈妈朗声笑了："Bingo!"

耶！猜中了！

这是一封邀请我和住家去的一个pool party(泳池派对)，我听了觉得十分新奇，学校为国际生举办的party，居然连住家也都可以参加，这也太不同寻常了吧？

感觉有点像国内的家长会？不对，当年的家长会老是给人压力山大的感觉，哪有泳池派对这样的活动轻松有趣！

所以住家妈妈征求我意见要不要去时，我一口答应——这还用说，肯定要去了！

泳池派对在星期五举办，地点可不是很好找。住家妈妈开车带着我，根据导航开到一大片树林中。四周都是高高大大的树木，茂密的枝叶把弯弯曲曲的路遮挡得看不见尽头，显得极为幽深。在林中绕啊绕，绕了好多圈，我们

泳池派对一角。

都怀疑是不是导航在树林里迷路了，可导航还是非常敬业地指挥着向前，向前。

这时前面突然开阔起来，光线一下子明亮了，终于找到了地方！

刚下车，就听到远远地传来人们的嬉笑声，看来有人已经到了。

我和住家妈妈走过去一看，原来这么多人啊！场地正中是两个标准游泳池，蓝莹莹的池水清得诱人，池面上蓝白相间的浮标隔出一条条泳道，随着水波起伏。池边上设有雪白的跳台，不高，像我这样水性不是太好的人在这个跳台上跳水估计也没问题。泳池边上是一大片绿油油、修剪得很整齐的草坪，上面摆着许多沙滩椅可以休息。

我们来得迟，已经有很多的新面孔在这里了。大家三三两两地活动，有的在沙滩椅上坐着聊天，有的在池里游泳，还有一些人组了队在玩水上排球。

我跟住家妈妈打了个招呼就去找熟悉的小伙伴了。我们几个没带泳裤，不打算下水，于是跑去休闲区，吃那里准备着的炸鸡和零食。正吃得高兴，旁边突然传来一声尖叫和很响的“扑通”声，吓了我们一跳。回头一看，只见

我们这一群国际生。

高高的水花飞溅起来，原来是有几个人玩得兴起，把一个同学抬着扔进了水里！那个光着背、穿着中裤被扔到水里的同学浮上水面，哈哈大笑着往池边游，引得旁边的人们也都开心地笑了。

吃完东西我们也开始玩了起来，组织活动的老师准备了好多水气球，我们一群人便就地取材，玩起了水气球大战。你一个丢过来，我一个打回去，打得不亦乐乎。不时有人被砸中，水弹爆开弄得浑身湿透，也惹得大家哈哈大笑。

为我们组织International Club活动的老师Mrs. Knopp是个十分活跃的人，平时她教西班牙语，今天活动中我们见识到了她的另一面风采。天色慢慢暗下来，只听到一首首西班牙歌曲在耳边回荡，然后Mrs.Knopp老师带着我们排好了队形跳起了舞来。虽然我比较害羞，平时从没在这么多人面前跳过舞，但是此时也被现场的气氛和大家的情绪所带动，跟着老师的步子跳了起来。住家妈妈和其他留学生的住家也一起唱着、跳着……

不知不觉已经到了晚上，派对也接近尾声了。大家纷纷挥手道别、开车驶离，但活动留给我的快乐的记忆一直跟着我跑到了梦里。这是我来美国之后第一次参加这样的集体活动，感动于学校的温暖，组织这样的活动，让我们这群来自国外的学生能够更好地适应这里的学习，融入这里的生活，真的很好。

学校舞台剧

美高学校里面各种社团很多，像篮球、橄榄球、戏剧表演社团等。运动类的社团大多在放学后会组织一些活动、训练或比赛之类，表演类的社团除了组织排练，还会把排练好的剧目向家长或社会开放演出，让大家都可以观看到学生们的认真表演，分享一下快乐。

这段时间，住家的两个儿子每天放学回来都要五六点钟了。他们放学后都在学校排练，是一部舞台剧，他们两个都有角色要演。嗯，听听就蛮有意思的。要知道，住家大一点的儿子已经快高考了呢，学业还这么轻松得不像话！

他们的排练断断续续地进行了快有两个月吧，这天晚上终于要开始公开演出了！

这么重要的时刻我们当然要去捧场的，所以傍晚六点多吃完晚饭，住家爸爸妈妈便带着我，一起前往住家儿子的学校看舞台剧。

我们三人很顺利地开车到学校，却发现偌大的停车场早已没有空位，密密麻麻的车子停着，显得这里很是热闹。要知道，住家儿子的学校一共只有两百多个学生，跟我们学校七八百名学生的规模相比要小得多；以前跟住家妈妈来过一次接住家儿子放学，也算是晚高峰了，停车场都相当空，哪有今天这么多车！

住家爸爸乐呵呵地说："来这么多人，看来今天的演出肯定很棒！"

我笑着应着，思绪却有点发飘，想起了在国内那会儿我上过声乐、主持兴趣班，每到年底也会有汇报演出。每个人都会上台表演，家长们比我们还兴奋地当忠实观众，也是这样热热闹闹的盛况。现在想想，我们那时个小屁孩演得真不怎么样，但我们很认真、很自豪，家长很忙碌、很开心的那种感觉才是最重要的。在这里，也是同样的感觉吧。

我们的车绕着停车场转了一大圈，才在一处比较偏远的地方找到了一个车位。下车后一阵哆嗦，外面小雪飘飘，温度比车里低很多。住家妈妈也跺着脚说冷，于是我们便一路小跑，直奔学校剧场。

汇报演出要买票的哦，还好票子是住家儿子提前买

住家小儿子（右一）参演《彼得·潘》。

好的，所以不用像找车位一样辛苦地抢了。入场之后，发现很多人早就到了。演出还没开始，场内人们笑着谈论着，很是热闹。

找到座位之后，住家妈妈就给我简单介绍了一下，这部音乐剧是《彼得·潘》，讲小飞侠彼得·潘、温蒂和小精灵一起历险、成长，并跟虎克船长斗智斗勇的故事。我之前看过电影《小飞侠》，但是舞台剧版的从没看过，所以觉得肯定别有一番乐趣。

正说着，灯光渐暗，音乐响起，场内马上安静下来。

舞台上的灯光又亮起来时，幕帘里先走出了一位主持人，为观众介绍了这部剧的编剧、导演、音乐制作和演奏等，很是正规。

接着，音乐响起，幕帘慢慢拉开，演出开始。第一幕讲的是一个在农场里的小女孩温蒂，带着两个弟弟一起快乐生活的场景。很快，住家的大儿子出场了，他扮演的居然是温蒂的舅舅！只见他身着一身牛仔装，嘴上还粘着两撇小胡子，一出场就像个话痨一样跟温蒂念念叨叨。这形象太有喜感了！跟他平时帅气且温和的样子相差太多，以至于我们一下子都没反应过来；等反应过来是他，我们三个止不住地哈哈大笑。

接下去，随着剧情的发展，观众的情绪也被台上的演员给深深地感染了。音乐高低起伏，很衬画面，人们在主角遇到危险时也不禁紧张起来，在主角开心的时候也跟着开怀大笑。

当演到小飞侠带领着他的“童子军”跟虎克船长的海盗船员激烈战斗时，住家小儿子也出现在了舞台上。他扮演的是小飞侠阵营里的一个小士兵，短短的头发被吹得立了起来，毛茸茸的感觉。他穿着一件毛绒坎肩，挂着一串黑色的珠珠，是树林里某种果实串成的，这可是小飞侠战队的标配哦。他们在台上像模像样地战斗，我们在台下乐不可支，用掌声给他们加油。住家小儿子的角色虽然台词不多，但在台上滑稽可爱，赢得了一阵又一阵的喝彩。

故事到了结尾，当然是邪恶被正义给击败了。所有演员都到台上谢幕。完了之后，住家妈妈说演员们都回到舞台后面的大厅了，学校为了让我们可以近距离接触一下演员，允许我们到后面给演员送花。

于是，我和住家妈妈一起去买了几束玫瑰。等我们走到后面大厅时，演员也陆陆续续地出来了，住家小儿子居然连演出时穿的衣服都没换下。我先跑过去献上鲜花，祝贺住家的两个兄弟演出成功；住家爸爸妈妈也一起送花给他们，并开心地拍了照。

回去的路上，我们还沉浸在演出中，走着讨论着笑着。这是我第一次观看这种形式的舞台剧，实在是太有意思了。

一堂分享课

现在，看手机、看电脑、看电视，看新闻、看报道，“焦虑”是出现频率非常高的一个词。

记得初一时，曾经翻过老妈的一本心理学教材，看到这样一句话：“失眠，遇到特定的人或事会紧张，包括考试前坐立不安、心慌出汗，好多行为都是焦虑的表现。”

那时候对照书本很郑重地跟老妈汇报：“看，我考试也紧张，我焦虑了。”

老妈乐不可支，顺着我的话演戏：“哇，好可怕！这可怎么办？”

老妈说我这是“少年不识愁滋味”“为赋新词强说愁”，而我也第一次看到了书上对焦虑的定义。

初夏，每天上学都会路过一片开满鲜花的树林。

其实，焦虑在我们生活中经常能看到，国内的人有，这里的人也有。而这里的学生怎么处理这样的情绪呢？这就是今天我要说的内容，学校会组织retreat（静修）让大家放松身心。

我们学校每年都会组织一次retreat。这个过程中会让我们参加一些活动，做做游戏，分享故事，主要目的就是让我们释放焦虑和压力，心理能够更健康一点。

一晃到了学期中间，又到了retreat的时候。

学校是分年级组织retreat活动的。活动场所都不在学校里面，而是安排一整天的时间，带大家去一片像度假村一样的房子里，很放松地活动。

到了那里之后，我们被分成了几个小组，一组差不多有十来个人。本来因为这里是选课制，班上的同学大都是不固定的，现在再把整个年级的学生聚在一起，有些同学是认识的，大多数同学是不认识的。所以我们组的带队老师先带着我们一起做抢板凳的游戏，让彼此可以先熟悉一下。

游戏虽然很简单，但是热身效果很明显。几轮抢过之后，大家都放松下来，差不多都认识了自己组的队友。

接下来是分享环节。分享的主题是："我们每个人自己感觉中的人生低潮点"。

大家围坐在一起，你看看我，我看看你，都没有人愿意先开口。老师也不催促，慢慢地让目光从大家脸上扫过，安静的目光仿佛在启发大家感受、思考，并勇敢地表达和分享。

这时有个人先开口了，语调低沉地讲出了他的故事。在他的小时候，爸爸妈妈就离异了。他在前几年还可以常常见到爸爸，但最近两年都没怎么有机会见面了，可能是妈妈不喜欢爸爸来看他吧。所以虽然他很想念他的爸爸，可他不想让妈妈伤心，只有一直忍着内心的想念。他讲着讲着，不知不觉眼眶就湿润了。

他跟我们同级不同班，平时走廊或午餐时也会碰到，觉得这是个很阳光的人呢，没想到心里压着这么悲伤的故事。

他起的这个头不错，让我们组其他的组员都愿意分享了。一个又一个同学把自己内心的故事分享出来，听得我吓了一跳——原来这么多人的爸爸妈妈都是离异的，原来他们看上去阳光开朗的笑容下面，有这么多伤感的故事。

这一刻，我心里觉得特别庆幸：我有一个幸福美满的家庭，这是多么美好的事！

轮到我时，我分享了自己的经历：去年刚到美国，一切都是陌生的，没有亲人，也没有朋友，英语也不是很好，更不知道能不能适应这里的学习和生活，所以那一阵子非常孤独、担心，也很想家。

很快就到最后一个同学了。这是一个小女生，我跟她不是很熟，但我们大家对她都有个共同的感觉，那就是，她在学校里格外安静，没有什么朋友，也从不大声说笑；今天她能在这里分享她的故事，一定是鼓足了勇气的吧。

在她的讲述结束后，我们才明白原来她是一个很难信任别人的人。原因是她以前被最好的朋友给伤过，所以变得内心封闭，不敢轻易相信人，也不爱和别人交朋友了。我们听了也是觉得十分同情。

相处的时间过得很快，retreat就快结束了，我们的最后一个任务是为组里的每一个组员写一封信。

古老的钟楼给人一种历史沧桑感。

每个人拿着纸笔找了个地方，很认真地开始写信。我也拿了一支笔和一叠纸，坐到了一个角落，给我们的组员写起信来。每人一封信其实还是蛮考验记忆力的。为了让大家在听别人的分享时能够保持注意力高度集中，分享过程中是不能做任何记录的。所以要牢牢记住哪个同学分享了哪一件事，并且要写出自己对这事的理解或给出安慰，可不能发生张冠李戴的错误，不然会让人觉得太不尊重别人了。

我的诀窍就是记住每个人身上的特点，然后在他分享故事时，把事情跟他的特点联系起来，就不会记错了。有了这个记忆做基础，信写得也是格外顺利。我很认真地写着，把我的鼓励传递给这些因家庭的不幸或者被好朋友伤害而伤心难过的同学。

这真是一堂有意思的分享课。乘车返回学校途中，看着窗外阳光明媚，我和同学们的心情都很快乐，好像比来的时候轻松了许多。

想起了不知在哪里看到过的一段话：一份快乐分享给另一个人就成了两份快乐，一份痛苦分担给两个人就成了一半痛苦。是啊，retreat就是一堂分享悲伤，大家互相给予鼓励和温暖的课。低头看着我手上，那是厚厚一叠别人写给我的信，嘴角不自觉地露出了一丝欣慰的微笑。这是大家给我的关爱，我要回去慢慢拆开，慢慢品味了。

“炸弹”危机

如果要说我在美高最难忘的一次经历，恐怕就是那次“炸弹”危机了。

那天正在上数学课，“丁零零——”刺耳的警铃突然响了起来，在整个校园回荡着，很是让人紧张。

数学老师马上停止上课，打开教室的门说：“可能是火警演习，同学们不要惊慌，按顺序快速从这里疏散出去，到外面草坪上去！”

开学时学校就给我们做过火警逃生疏散演习，就是当有火灾等危险情况发生时，要求大家按照老师的指导，手捂口鼻，低头弯腰，按顺序快速地从教室最近的门出去，然后跑到校门口外面的草坪安全区。当时就觉得挺好玩的，没想到上课的时候也要搞突然袭击呀！

心里虽然纳闷，但一听老师命令，大家还是迅速开始行动。正当大家按要求的姿势一路小跑地下了楼梯，想往学校外面的草坪那里跑过去时，却被守在楼下的老师叫住，指挥我们疏散到了学校的橄榄球场。

球场的观众席上已经有一些同学，我们坐下来以后，又陆陆续续来了不少。正常的课不用上了。突然就被这么集合在一起，大家的表现也很有意思：有的兴奋，有的紧张，有的淡定，有的跟小伙伴聊得开心，大部分同学跟我一样，左顾右盼，想知道"这是演习吗，还是出了什么事情"。

等到全校学生在观众席上坐下后，校长开始在主席台上讲话。校长一开口，观众席上立刻鸦雀无声。原来在学校发现了可疑物品，怀疑是炸弹。尽管也可能是某个学生的恶作剧，但是学校对于可能发生的潜在的任何危险因素都不敢疏忽，不能让老师和同学们处于危险之中，所以叫来了警察，清空了学校。等警察对现场进行排查，确保安全了才能回到教室。

我听了也是十分的惊讶，电影电视里出现的情节，居然真的会发生，真是难得的体验。同时心里也在暗暗祈祷："希望这就是个恶作剧啊！我的手机和钱包可都在书包里，书包还放在教室里，万一出事了我可怎么办啊！联系不上住家妈妈，连打车回家的钱都没有了……"

起初大家还兴致勃勃地聊着天，聊到话题都聊完了，情况好像还是没有什么进展，大家只能干坐着继续等。书本没有带出来，手机也没有带出来，又不能到操场上跑跑跳跳，实在是太无聊了。

无聊得都想打瞌睡了。不过睡是睡不着的。已经是十一月了，露天的橄榄球场不时有阵阵冷风吹过来，有了

学校球场上经常开展各种比赛。

浓浓的寒意，再加上早饭吃得不多，肚子也咕噜噜地对我提出抗议，整一个饥寒交迫的感觉啊！看看身边，小伙伴们也是冻得瑟瑟发抖。

“唉，也不知道查的怎么样了？”

“希望是个恶作剧，赶紧让我们回教室吧。”

“是啊，是啊，我快冷死了，外套还放在教室呢！”

……

时间一点点过去，我们傻傻地坐着，脑补警察在学校各种检查的画面。在经过了差不多三个小时的等待之后，校长终于声明：“危机解除，这是一个恶作剧，并没有找到什么炸弹。”

大家忍不住地欢呼，终于可以回教室了。遇到这么个突发事件以后，大家也都没了学习的心思，天南地北、新闻、影视里的各种突发状况纷纷被大家拿出来讨论，连后面来上课的老师也不上课了，加入我们的讨论中来。

“炸弹”危机事件过去了很久，有时想起来还是觉得心有余悸，幸好那次只是一个恶作剧。但实际上有很多意想不到的时候，危机随时都可能存在。老爸老妈平时也反复叮嘱我，独自一个人生活在外，一定要格外注意人身安全。我想，我会照顾好自己，让离得那么远的老爸老妈放心的！

一不留神当了模特

周末闲着没事，就把屋子收拾一下。

把床边横七竖八的一堆鞋子整整齐齐地码上鞋架，不常穿的放盒子里，归位到床下。衣柜里的衣服衬衫、T恤叠好，开衫外套之类的挂平。翻乱的书码成一排，用过的草稿纸一张张理好放进文件夹……

正忙得不亦乐乎，拿起的一本书里掉出了一张照片。咦，什么照片？啥时候夹在这里的？一边奇怪着，一边拿了起来。照片上黑色棒球帽、黑色卫衣、黑色窄管牛仔长裤的人不就是我嘛，原来是上次Ming给我拍的“模特”照！

看着照片，想起了Ming，想起了那天拍照的独特经历。

小伙伴Ming比我高两个年级。一年前，我们一起从

自由开放包容的学校生活非常棒。

杭州出发，漂洋过海来到美国，一起经历我来美国后的第一次“危机”——机场丢失行李，一起适应美高的学业和美国的生活。回想起来，要是没有Ming和其他几个国内来的小伙伴们的相互陪伴，我可能很难这么快就度过来美国学习、生活的适应期，把自己安排得妥妥的。那句“出门靠朋友”的老话真是有道理。

话题回到这张照片上。

那天是周末，因为第二天不用上学，我就提前跟住家

业余模特专业范！

妈妈说好，周五放学后直接到Ming的住家家里玩并住一个晚上。

Ming的住家有一幢大大的别墅，坐落在深山密林里。说深山密林一点都不夸张，因为车子从公路转到小路上之后，要在树林里沿着弯弯曲曲的小路开上一大段，才能隐隐约约地看到他们的房子。房子里面很大，房子外面的活动空间也很大，所以有时候周末我或其他小伙伴就会到Ming那里玩。

那天吃完晚饭我们正在看电视，Ming突然问我："愿不愿意当一次模特？"

"当什么？模特?!"听着他没头没脑的话，我一下子没反应过来，"干吗？你要开店卖衣服？"

Ming笑了起来："开什么店呀！是我的家庭作业，帮我完成一下呗。"

原来Ming选的课程里有一门摄影课，这周的作业是要拍一组照片，就是同一个人在同一个大场景里做不同的事情，然后把几个动作不同的照片全部合成到一张照片里，制作成类似电影海报的样子。

我一听来了兴致，马上满口答应，嘴上还念叨着："那你要给我拍帅一点哈！那啥，你的制作水平好不好？别给我拼得乱七八糟的哈……"

Ming好脾气地笑着、听着我的念叨，带我来到了他

家的地下室。地下室空间很大，是家里的休闲活动区。这里有小小的吧台、宽大的沙发和家庭影院，还有台球桌等设施。

那天我正好穿了黑T恤、黑长裤和黑色短靴，视觉效果不错。Ming打量了我一下，又拿了顶黑色的棒球帽，帽檐朝后戴在我头上，冲我比了个“OK”的手势，就端起相机准备开拍了。

我先拿起球杆摆出在打桌球的架势，然后又侧身靠在墙上拿着球杆头擦粉巧。本来很平常的动作，前面有个人很严肃地拿镜头对着，就有点想笑场，也有点不自然。

于是就跟Ming一边聊天一边随意做动作，靠墙坐着的、半仰着头看墙上相框的、低头沉思状的……越拍越自然，越拍越放松。一通“咔嚓咔嚓”之后，Ming冲我扬起手说“可以了”，我这个模特的任务才算是告一段落。

后来过了段时间，我已经差不多都忘了这件事。这天放学，只见Ming拿着这张完成的照片递给了我，说：“作业交了之后，打印了一张给你，做个纪念。”

我一看原来合成后的效果是这样的，只见照片上的我或坐或站，人物叠放的层次感和动静结合的感觉真的很棒！

我笑着向Ming道谢，心里想着“明年我也要选这门有趣的课”。

艰辛的“长途跋涉”

“太阳当空照，花儿对我笑。小鸟说‘早早早’，你为什么背上小书包……”

一早起来，迎着火红的太阳往学校去的路上，我脑子里一直回荡着这几句歌。不是吧，这好像是我上幼儿园时候老师教的，今天怎么就不由自主地想起？只能说明心情不错。当然了，是因为今天我们学校要举行一场全校同学参加的Walk For Carroll (为卡罗行走)活动。

之前我在网上查了一下，其实这有点像国内的“毅行”。以前经常看到电视、网上说什么什么地方在搞毅行活动之类，在这里差不多的活动形式，就叫“为卡罗行走”，是不是很接地气？

名字很接地气的走路活动，跟国内“毅行”的目的也差不多。全校师生一起走5.5英里（大约8.8公里）的路程，凭着毅力、体力、耐心走完全程，就可以献出一份爱心——如果学生们都参加了，并且全部走完了全程，学校便会捐出一笔钱给社区或者其他的慈善机构，用来帮助那些需要帮助的人。

那天学校让我们报名时我觉得很惊讶，原来走走路就可以为慈善捐款做贡献了，好像还是不错的，于是我也积极地报名参加了。回去跟住家一说，住家妈妈说社区也经常会有这样的活动。社区的人都可以报名参加，走路、捐款、捐衣服、为慈善机构做义工服务等，尽自己的力量帮助那些需要帮助的人。

到校之后，看看班上的同学我就乐了。原来不只是我换上全套装备，大家都做足了准备，穿着徒步鞋、薄T恤、运动裤，有的还戴着擦汗用的发带、护腕之类，就等着一声令下、飞奔出发呢。

我们可以自己选择是要跑步还是走路，有几个平时运动能力很强的同学兴冲冲地开启奔跑模式，打头跑了出去。我抬头看了看天空中火辣辣的太阳，心想还是走路吧，就跟大多数同学一起准备出发。

我们按照从低到高的年级依次出发，沿着学校设定的路线往前走。出发时老师给每个同学发了一张卡片，等中途到休整点要盖章用的。

学校旁边有一条铁轨，跟铁轨平行的是一条自行车道。我们今天的任务便是沿着这自行车道走到尽头再走回来。这条线路风景挺好，路面只有五六米宽，因为是自行车道，没有来来往往的汽车，显得很是幽静。路两边时而是绿油油的草地，时而是茂密的灌木丛，时而又是高大挺拔的乔木，总之一路走过去都是满眼绿色，不时还有清脆的鸟鸣声。

走着走着，太阳越来越烈，气温也越来越高，汗从每一个毛孔钻出来，沿着头发往下滴，后背也早已经被汗湿透了。幸好小路两边树荫还是很浓密，遮挡了大部分热辣辣的太阳，还不时送几阵凉风过来，挺舒服的。

和小伙伴们一边走一边聊着天，不知不觉已经走了一半的路了。学校在路程一半的地方设有一个简易休整点，有老师负责在休整点给每个走到这里的学生盖章。我们也走过去在卡片上盖了个章，证明我们走了全程，没有在中途偷懒。当然，跟马拉松跑的服务规格类似，休整点还准备了很多矿泉水，让我们可以补充一下体力。

喝了点水，稍微停了一会儿，我们便开始往回走了。

快到中午，天气越来越热，人也非常累了。到底平时不怎么运动，今天走了这么远，我已经腿脚发软，气喘吁吁，像拉个破车跑了一整天的老牛，脚步都拖不动了。

不只是我，一同结伴的几个小伙伴脚步也都越走越慢，刚才补充的水分早就变成汗流了出来，喉咙干得冒

为卡罗行走。

烟，笑不起来了，话也不说了，能省点体力就省点吧。

我们“龟速”前进了一会儿，后面的人居然一个个地都赶了上来，并超过了我们。这可不行，越落在后面越不想走了呢，我们也不能落后，于是咬咬牙，铆足了劲儿努力向前迈步。

在经过了两个多小时艰难的长途跋涉后，终于远远地看见学校的教学楼了。大家的劲头一下子上来了，加快脚步，以百米冲刺的速度使了一番劲儿，气喘吁吁地走进了学校。

耶！Game Over!

一进教室我便一屁股坐在座位上，感觉再也不想起来了。

学校举办过的许多活动中，这次活动给我的印象最是深刻。用我自己的行动，小小地出一份力，就可以帮助到那些需要帮助的人，尽管力量很微薄，但这样的活动实在很有意义。

烧黑的杯子

早就听说在美高上的最有意思的课就是陶艺课。这是一门必修课，既能修学分，又能动手玩，难怪上过这门课的学长学姐都跟我说十一年级一定要选这门既特别又十分好玩的课。我听得心动不已，当然从善如流，在选课时早早地选了这门课。

新学期开学了，期待中的陶艺课也来了。第一次上课，老师便给我们每人一大块黏土，教我们做一个杯子，要求在杯子外面做一个立体的人脸。

嗯，听上去不错，难度好像也蛮高的。大家跃跃欲试，纷纷动起手来。

在老师的指导下，我们先在一块板子上反反复复地

中国龙，我的陶艺作品。

揉压手中的黏土，像老妈做馒头时揉面一样揉一会儿，就用一根钢丝把黏土分割成两部分，然后再叠起来揉在一起。这样的过程至少要重复二十次。刚开始大家劲头十足，揉着揉着手腕酸了，就有人问老师为什么一定要揉这么多遍。老师解释说，这样反复揉压是为了让黏土坚实致密，防止里面残留有气泡；不然等到陶坯完成以后，在烧制的过程中气泡受热膨胀，杯子就会炸开来。

听到老师的话，大家都不敢怠慢。我也是揉得格外卖力，生怕有气泡成了“漏网之鱼”被留在里面。

终于揉好了黏土，我们便开始做杯子了。拿一根擀面杖一样的木棒，在板子上把黏土擀平，拿来一个空可乐瓶放在上面，沿着瓶底画出了一个圆，用小刀把它刻下来，这就是杯底了。接着把剩下的黏土揉成团，擀成长条状，用小刀修平四边，再卷起成圆柱状，做成了杯子的四壁。然后用工具把两块黏土上所有的连接处拼合在一起，一个陶艺杯的坯子就做成了。

接下来的操作难度便提高了，要做人的五官了。这一步老师亲自示范，她一边动手做着，一边念念有词地讲解着："看，这个是鼻子，要这么捏。""眼睛要做得饱满有神。""还有这个眼皮，一定要微微翘起才有立体感——这个一定要做到位，不然成绩要扣分。"……

我们学着老师的样子做出了鼻子和眼睛，并按她的严格要求，做出微微翘起的立体的眼皮。我一边做着，一边在心里感叹："这个老师真的很严格。别看她平时跟我们笑嘻嘻的，但一上课就是这么认真严肃专注，难怪一门陶艺课都是必修课呢！"

老师也很健谈。看着我们忙碌，她在教室里来回走动，不时指点一下，嘴里也没停，跟我们交流着，告诉我们她已经在这个学校教了三十多年书了，从这个学校开的第一门陶艺课起都是她教的。

前面做的都很顺利，当我做到眉毛的时候突然碰到了麻烦。直的一字眉，弯的柳叶眉，倒八字形的剑眉……无论我怎么摆放，眉毛总是让人觉得很别扭，跟整个脸很不协调。这时老师发现了我的困境，连忙过来给我指导。

她左右端详了一会，就找到了原因所在。原来是我做的眉毛太细太长了，所以放在脸上比例不搭，才会看起来这么的奇怪。经她一指点，我很快就做好了。

接着，老师教我们在杯壁上做上了耳朵一样的把手，一只杯子就完工了。

老师让大家把做好的杯子放在一个四层高的架子上，放上两周时间。等到陶坯完全干了之后，全部放进一个炉子里进行第一次烧制，目的是让陶坯变硬。

在第一次烧制出炉后，杯子又发给我们，这回是要上色。我选了我最喜欢的蓝色，在杯子上涂抹出抽象的纹路。上色时内心很是高兴："这下再烧出来肯定很漂亮，我以后都用这只自己亲手做的杯子喝水。"

谁知第二次烧制的时候，悲剧发生了。那个周一，我们兴致勃勃地来到陶艺教室，一进门便闻到一股很难闻的味道。老师很抱歉地对我们说："那个烧制机器出现了问题，原本应该定时关掉的，结果到了时间也没关，一直烧了下去。非常抱歉，这一次大家做的杯子全都烧坏掉了。"

我们听得纷纷叹气。老师把烧得一团焦黑的杯子从机器里清理出来，大家努力辨认着哪个是自己的杰作，我也找到了我做的那个。这是我自己动手做的第一件艺术品，虽然最后没有成功，但给我留下了深刻的印象。哪怕是后来的课程中，我成功地完成了嵌龙的带盖盒子、古朴的细颈花瓶作品，但都没那只烧黑的杯子让我惦记。

静静的街区。

放雪假

代顿这个城市，是飞机的发明者莱特兄弟的故乡，也是上个世纪工业特别发达的城市。冰箱、空调、计算机等工业产品，让这个城市闪烁着一种钢铁的质感和光芒，跟这里冬天的空气一样。

刚来这里时，问别人这个地方怎么样，得到的回答肯定是“冬天真的很冷”。这是我刚来的第一年，还从未体验过别人口中代顿的冬天。但听人说比杭州还要冷好多，我十分担心（因为我蛮怕冷的），又觉得有些怀疑。

在我的感觉里，杭州的冬天也算是非常冷了。温度倒也不见得太低，零度或零下三四度是极限了，可是那种湿漉漉、冷冰冰、寒气森森透进骨头缝一样的冷，还是让人

我窗子外面的玉树琼枝。

很吃不消的；而且杭州没有暖气供应，每天裹得厚厚的走路去上学还会冷得瑟瑟发抖。来这里后我还特意查过世界地图，看到代顿的纬度跟河北差不多；冬天大概有零下十来度吧，但这里有暖气，应该不会比杭州更难熬。

随着秋天一天天走远，窗外的树由绿荫如盖到黄叶飘落，再到只剩下光秃秃的枝干，冬天来了。

这天一早醒来，拉开窗帘往外一看，顿时傻眼了：前一天还温暖如春，太阳晒得暖洋洋的，毫无预兆地一夜之间窗外全都变成了雪白色。高高的松树托着一团团雪变成了雪树，高大的落叶乔木玉树琼枝、美不胜收，远处的屋顶盖上了像棉被一样的厚厚的白雪，后院的草地上蓬松松、软扑扑的一片银白，只有几行细碎的梅花脚印，估计是塔克一早去撒欢时留下的。

四下里很静，只有天空中大片大片雪花落下时窸窸窣窣的声音。我急忙下楼，推开房门，只见整条街都是白茫茫的一片，眼前的一切都被白色覆盖，一场大雪把这个

后院的雪景。

小城变成了梦幻般的童话世界！

因为时间还早，马路上的雪没有车子压过的痕迹，我急忙拿出手机来拍照片，这么美的景色可不是经常能看到的！这时一股寒风吹来，手和脸就像刀割一样疼。拍了几张就冻得受不了，赶紧跑回屋子里。看了看温度计，真是“不看不知道，一看吓一跳”，外面竟然零下十二度，而昨天还是二十多度的高温啊！这样的天也是奇葩，要赶紧把羽绒服翻出来裹上，不然要冻坏了。

我想起来住家妈妈之前跟我说的俄亥俄州的一个小传统：“永远不要在五月前种花，因为你永远不知道明天的天气是怎么样的。”那时我还笑，说五月种花也太迟了，杭州的花三四月都陆续开了呢，而今天我算是彻底领教了这里多变天气的厉害了。

隔窗看着街上厚厚的积雪，我不禁担心起来：“这么厚的积雪，感觉车都开不来了，上学会不会迟到呀？”要知道我可是有过雪中上学“惨痛”经历的。

有一年杭州大雪，老妈的车子一直冲不上地下车库的斜坡。那天又正好是期末考试，把我给急得，恨不得跑到车后面帮老妈把车推上去。后来，在小区保安的帮助下，车子终于开了上来，一路上又打滑飘移，险象环生。等到了学校时，我匆匆地跟老妈打了招呼就往教室冲，都快迟到了啊！

看今天这架势，雪比那年杭州下得更大，这可怎么办?我担心地问住家妈妈,住家妈妈却很淡定地说:“别担心,根据我的经验,这么大的雪,学校一般都会让你们延迟上学或取消上学的。”果然,不一会儿,住家妈妈的手机上便收到了学校发来的邮件,说今天由于大雪学校停课了。

我惊讶地看着住家妈妈,心说:“这也太贴心了吧!住家妈妈这么淡定,肯定是这里遇到下雪时学校经常这样放雪假的,太好了!”

因为不用上学,我便舒舒服服地回到了自己的房间,重新开始了我的回笼觉。这是我第一次看到代顿的大雪,第一次享受到雪假的“福利”,不知道之后还会给我带来多少惊喜呢?

义工进行时

来到这里以后，我就了解到，四年高中读完，在美国申请大学时，除了要有好的成绩，还有一项非常重要衡量依据——做义工。

因为在美国人的意识里，如果一个人不做义工，就不是一个有爱心的人，就得不到社会的尊重。在这种氛围的影响下，美国的学校也就形成了一种不成文的规定：不做义工，就申请不到好的大学，更难以进入名校。

这还真跟国内不一样，以前国内当学生的只用把学习管好就行。看到报纸上报道有些学生只会读书，不懂生活常识，讽刺说是“两耳不闻窗外事，一心只读圣贤书”时也只是笑笑，当时的我和同学们也都是差不多的情况。所以刚开始了解到这个规定时，我很是着急：在这里做义工这么重要，我到哪里去找做义工的机会？怎么做才能被学校认定是做过义工了？有没有具体的时间要求？

一连串问题简直无解啊。

只好求助于住家妈妈和帮我办理出国留学的中介机构，才知道义工里面名堂还不少。这里的孩子从小学开始，做一些简单的家务，帮邻居剪草坪、送报纸等都可以算是义工——真是义工从娃娃抓起。到了中学阶段，学校也会组织学生到社区服务机构或图书馆等做义工。

如果去做了义工，会得到一份被服务的对象签字认可的义工记录，把这份记录上传到学校网站，等审核通过了，就算是做了多长时间的义工。这个时间是可以累积的，我们学校要求是一个学年必须做到十个小时，所以只要有空就可以去做。

清楚了这些规则以后，我就格外关注这一类的活动。比如有时老师会在网上发一些需要翻译的文字，如果有空的话可以参与认领任务，按时间要求翻译完发到指定邮箱就行；有时住家妈妈会到小儿子的学校，给树木浇水，或是为社区捐赠、义卖等做些服务，我也会跟她一起参加。

当然帮我办理出国留学的中介机构也会组织一些活动，让我们这些留学生多点做义工的时间积累。在今年美国的Make a Difference Day（让世界变得不同），中介

我的义工活动。

就组织了一次义工活动，活动内容：植树。

植树的这天早上，天气格外冷，一出门发现外面还下着小雪，我赶紧回屋做好全面的防护工作，穿了件既保暖又方便活动的衣服，还向住家妈妈借了一副厚厚的手套——那是她做园艺时用的，这天去种树用着正好。

这天，早早地赶到了植树地点，是在一个很大的公园里。我到的时候已经有几个人在那里等着了，是公园管理人员和中介组织活动的老师。等我们人到齐之后，老师讲解了一下当天活动的主要内容和注意事项，就带着我们来到种树的地点。

这里原来是一处老房子，拆掉之后变成了草地，我们这天的任务便是在这片草地上种树了。我往四周看了看，只见他们已经把一棵棵育在花盆里的小树苗连盆一起分散地放在草地上了。

一个身材魁梧的大叔先给我们做示范。只见他拿起铁锹用尖头插进土里，用脚在铁锹上端用力一踩，铁锹就扎进了土里；他双手用力一抬，一大块泥土就被挖了出来。这个动作重复了没几下，地上就挖出了一个直径三四十厘米，跟花盆差不多深的一个坑。然后把树苗从盆中取出来，放进坑里，再把挖出来的土铲回去，轻轻压紧，一棵小树苗就种好了。

看完之后我感觉还挺简单的，拿起铁锹，找了一棵离我最近的树便开始动手，心想："今天一定要多种几棵！"

谁知道当铁锹插到土里的一瞬间，我发现我错了。原来真的没有看上去的那么容易！土里满是小草的根缠缠绕绕地结成一团，还有小石块，握在我手里的铁锹根本插不下去。也是我不够强壮，明明刚才看那位大叔轻轻地就搞定了的，太受打击了，回去一定要健身，从肱二头肌开始！

我挥舞着铁锹，费了九牛二虎之力，总算挖好了一个坑；从花盆里取出树苗，小心翼翼地放进坑里，再把土铲回去，在树根部分用铁锹压了压紧，种好了一棵小树。

加油吧，希望就在前方！一棵种好之后我斗志昂扬，开始种第二棵、第三棵……小雪还在飘，天还是很冷，但出了一身汗，人倒是很暖和了。

把所有的树苗都种好之后，公园管理员又给我们一个新任务——给小树苗“穿衣服”。所谓的“衣服”是一个塑料管，管子的一面已经被剖开了，把管子套在树苗的外面，拿一根木棍插在旁边，然后再用塑料环把树苗和木棍固定在一起，以免树苗倒下。

穿梭在草地上，乐此不疲地干活，间或跟小伙伴们聊个天，说个笑话，还是蛮开心的。由于前一天晚上刚刚下过雨雪，我们每踩一步都可能遇到“陷阱”——踏进淤泥坑里。我感觉自己已经很小心了，还是不免“中招”，靴子上满是泥巴，活动结束时在湿漉漉的草地上蹭了好半天，才把大部分的淤泥给蹭掉。

公园的工作人员也是十分友好，在我们认真种树的时候送来了热巧克力饮料，让我们补充一下能量。就这样，半天的辛勤劳作之后，草坪上放着的树苗全部种好了。

回到家，中饭都不想吃，洗了个澡倒头就睡，一觉睡到了晚上九点。看来平时是真的缺乏锻炼，今天这点体力活把我累坏了。尽管胳膊、腿都酸疼得要命，我还是觉得参加这次义工活动非常有意义，有种付出后的小成就感，让我感到快乐。所以义工的道路上，我一定会坚持走下去。

去打高尔夫

今天是周末，早上老妈跟我视频，奇怪我怎么起得那么早，我说："今天留学机构组织我们去打高尔夫，所以起得比较早。"

"高尔夫?! 你们还组织这么高档的活动?"老妈觉得奇怪了。

其实刚听到机构组织打高尔夫，我也觉得有点不可思议。要知道在国内，这可是一项贵族运动：一张会员卡动不动就要几十万，即使是去练习场，一个月也要几千块的费用呢。机构怎么会组织我们参加这么高端奢侈的运动！

后来了解了才知道，在美国，高尔夫是一项十分受大众欢迎的运动。全国四分之三以上的高尔夫球场是公共

打高尔夫体验。

的，就分布在一些运动场、公园，甚至住宅区，收费也很便宜，从几美元到几十美元不等，是一项大众化的运动项目。当然如果是私人高尔夫俱乐部的话，收费还是很贵的。

跟老妈解释了几句，我就收拾好东西出发了。

小伙伴们一起嗨。

到了机构预定的场地，只见一大片碧绿的草地，修剪得平整极了，像一块毛绒绒的毯子，盖在连绵起伏的小土坡上。果岭、沙坑、池塘、小树林，高尔夫球场应有的要素一应俱全。球场边有一排米色的小房子，是球场的会馆及休息区，一辆白色的高尔夫球车正静静地停在门前，等着载我们到练习的区域。

我们一群人在会馆区集合以后，到器材室领了球杆，坐上球车开往球场练习区。

我一直觉得虽然高尔夫是项挺高端的运动，但只练习击球的话难度应该不大，不就是挥挥杆吗，能难到哪儿去？

到了球场上，已经有两个教练在等着我们了。我们一群人站成一排，教练们先教我们站姿。这是打高尔夫最基础的练习，正确的站姿不仅会影响身体的平衡，还决定着挥杆的幅度和类型，很是重要，所以我们学得也很认真。按教练的要求，两脚略分开来，差不多与肩宽的样子；头轻松往下倾，目光注视杆头；两个膝盖微微弯曲，把身体重心平均落在两脚上。

检查完我们的站姿之后，教练把球杆递给我们，教我们握杆的方法。握杆方法有几种，什么双手部分重叠的重叠式，右手小指与左手食指勾连的连锁式等。我听得一头雾水，最后“简单粗暴”地直接用两手一上一下握住球杆，心说：“太麻烦了，就这样吧！”教练走过来一检查，居然说这个是“十指式”，也是握杆方法的一种，顿时觉得好开心，歪打正着这也行？

再接下来就是挥杆练习。对着空气练习了几次挥杆之后，感觉自己已经基本掌握了技巧，便强烈要求开始打球。

我在球座上摆好球，双手紧握，高高举起，自信满满地挥出了第一杆，充满期待地看向远处，看我的球会落在哪个方位，却听到小伙伴们哈哈大笑。低头一看，才发现我的球还在草坪上一动不动地静静趴着，脚前面的草皮倒是有一块被我削了出去。原来挥杆没有我想象中的那么简单啊！

这下我不开心了，对着地上的球念念有词：“想当年好歹也在学校打过两年乒乓球、羽毛球的，都是球类家族的成员，我就不信你敢不听话！”接着我又试着打了几杆，越想用力越使不上劲，挥杆不是太低就是太高，始终打不到球，搞得我十分苦恼。看着身边的小伙伴们一个个飞得远远的球，不甘心地在心中叹了口气。

这时教练估计看到了我的不断失利，便走来帮助我。他先让我打一个球给他看看，我照做了。他马上便发现了我的错误，原来是我在挥杆出去的一瞬间胳膊抬得不够高，身体跟随旋转的角度也不对，所以总是差那么一点点才能打到球。

教练抬着我的胳膊让我体会正确的姿势，又给我示范球杆走势应有的轨迹，然后让我再打一次看。我按照教练说的动作要领试着又一次挥动球杆，只见白白圆圆的小球飞得又高又远，在湛蓝的天空和碧绿的草地之间划出一条美妙的弧线。我高兴地跳了起来：“这次飞出去的终于不是草皮了！”

我越打越顺手，不知不觉地一筐球便被我打完了，这时候才发现两只手握杆的地方已被磨得红红的，很有点痛了。

活动结束时，小伙伴们一起开心地笑着，交流着打球的心得。虽然都很累，但是十分开心，今天又学习到了一个新的技能噢！

第四辑——一路向暖

DELTA
Calvin Klein

美式“文化礼堂”

你知道吗?美国也有“文化礼堂”。

说起去美国参加“文化礼堂”活动,还是蛮有意思的一番经历呢!

初到美国的第一个星期天,住家爸爸便告诉我每周日一早,一家人会去教堂,邀请我也一起去。我一听就非常感兴趣,马上答应了。在我的印象里,教堂就是电影《巴黎圣母院》《达·芬奇密码》里面描述的那样,是一个十分神圣庄严的地方,有着高大雄伟的哥特式建筑,高耸的尖塔拱门,色彩斑斓的大玻璃窗,绘着圣经故事的壁画,幽暗的光线中一排排的木凳和每到准点敲响的钟声,以及身穿黑色长袍的神父等,感觉很是神秘。现在有机会去感受一番，我当然不会错过机会了。

星期天起个大早，吃过早饭后，住家爸爸开车带着一家人出发了。一路上我都在心里描绘着等下会看到什么样的建筑，结果到了地方一下车，我被震惊到了——这哪里是教堂啊？眼前是一座十分现代化的建筑，占地面积很大，但只有一层，高度有十多米，米色的外墙和红色的瓦棱屋顶，以直线、斜角组合成富有艺术感的几何造型，整个看上去就像个现代艺术馆，完全不是我脑海里教堂的样子。

大门口进进出出有很多人，很是热闹。我们也走了进去，整洁宽敞的过道一侧是落地玻璃幕墙，一侧挂着镜框，镜框里是一些活动和人物的照片，看上去像是演唱会或者讲座之类，难道是这里平时组织活动的照片？我有点想不明白了。

进到里面service的地方（活动区），我忍不住笑了：这里没有一排排的木凳，没有彩色的琉璃玻璃窗，也没有幽暗的吊灯。眼前完全就是一个现代化的小型剧院，舞台、聚光灯、LED大屏、观众席……一切都和教堂这两个字搭不上边，倒是跟在国内去看表演或"六一"、国庆参加文艺汇演的文化礼堂、周末剧场一个模样。

住家爸爸找了靠前排的位置招呼我们坐下。不一会儿，场内的灯就暗了下来，一道炫白的追光打到舞台中央，一支摇滚乐队弹着电吉他，敲着架子鼓，用强劲旋律

美式"文化礼堂"中的演出。

点燃全场，service开始了。他们唱的是一支十分流行的英文歌，旋律时而高亢，时而悠扬；歌曲间奏时，乐队主唱的手指灵活地拨弄着吉他弦，弹出一串燃烧着金属质感的串烧音，好听极了。台上的人唱得很high，台下的观众们也都跟着节奏挥舞双手；唱到高潮时，连我也忍不住跟着哼了起来。在国内时很少有看现场演唱会的经历，没想到在这里参加教堂活动，倒现场感受了一番小型的演唱会的氛围。

乐队演唱了三四支歌以后撤了下去，一个穿着白衬衫、西装长裤的中年人走到台上，像是要开始演讲的节奏。他声音清澈，语速适中，用带着点方言的英语非常流畅地开讲了。尽管刚来不久，我的英语听力还不是很好，但因为他讲的内容非常浅显易懂，我居然全听明白了。有点像“壹周立波秀”之类的脱口秀节目，这个人讲社会新闻里的趣事，讲生活中的常识，不时还讲个笑话什么的，逗得人们哈哈大笑，气氛轻松极了，完全没有印象中教堂应有的严肃和庄严感。

整个活动结束后，我不解地问住家爸爸，为什么这个教堂与我平时看到的和印象中的差别这么大？住家爸爸给我解释道，在电影中看到的那种教堂也是有的，是相对传统的，他的爸爸妈妈小的时候才会去的，现在已经不多了；而像今天我们来的这个教堂是现在的主流，轻松的氛围，现代的建筑，吸引着大多数人喜欢来这样的教堂参加活动。

住家爸爸还说，像今天活动中表演的乐队或演讲、脱口秀的人，大都不是专业的演员或主持人，都是普通的居民。社区里的文艺爱好者想展示才艺，或针对某方面的知识跟大家做个分享，都可以报名上台。住家爸爸就曾不止一次上台做过演讲，主要是宗教小故事分享等内容，很受台下的观众欢迎呢！

哦呵，这更像国内的文化礼堂了，大家自娱自乐，自己表演自己欣赏，实在是太有意思了。第一次美式“文化礼堂”的体验结束了，虽然跟我想象中的有所不同，但也是一次十分新奇有趣的体验，让我对进一步融入当地人的生活充满了期待。

随处可见的小精灵

严肃的收养仪式

今天是星期五，我像往常一样早早地起床，但却不是去上学，而是去参加一个收养仪式——住家大女儿凯西夫妇收养四个小孩子的仪式。

“四个？”刚听到这个数字就惊到我了。

“是的，四个。”住家妈妈笑眯眯地回答道。

虽然知道美国家庭比较喜欢收养小孩子，来这里之后也看到住家大女儿和老公先后收养了多个小孩子，但一次收养四个，还是让我有点想不明白。明明住家大女儿自己的小家庭也不是很宽裕，而且自己也有两个小孩子，为什么还要收养那么多？

也许是看出了我的疑惑，在去参加收养仪式的路上，住家妈妈边开车边跟我聊她大女儿收养小孩子的事。

住家妈妈说，这次的收养，她女儿一家也是考虑了很久，毕竟以前的几次收养都没有这么多的人数。在美国，收养小孩子是有各种严格的规定，要对家庭做非常细致的调查，包括家庭成员的身体、精神情况；要确保收养来的小孩子能有个心理健康的环境；还要评估收养人的账务状况、住房条件，以及有没有犯罪史，等等。这些条件都符合了，还要办很多手续，再经过今天我们即将参加的非常正规的收养仪式，才能收养成功。

我听了惊讶地说："这么严格呀！"

住家妈妈说："是的，非常严格的规定。只有这样，才能保证被收养的小孩子有良好的生活环境。而且如果收养时间久了，对小孩子没有耐心、爱心了，被收养的小孩子受了委屈，监管机构还会强制收养人放弃收养权呢！"

"这种严格规定下，还愿意收养小孩子的家庭，一定都是很有爱的，就像凯西一家。"我想。

这时，住家妈妈又说："其实这四个小孩子已经在凯西家住了一段时间，有点适应了，也有了一定的感情；收养所需要的各种审核也都完成了。所以才准备正式收养他们，这样就可以真正地成为一家人了。"

我听完之后也是蛮感动的。

不一会儿，我们到了一座看上去很有些年代的建筑前，像是法院或是公证所之类的吧，收养仪式就在这里举行。

停好车，走进楼里，到了办理领养的那一层楼。在举办仪式大厅门口等候区，才发现已经有好多熟人早到了。原来家里有这样的仪式活动是件非常隆重的事，不但自己的家庭成员都要参加，比如我和住家两个儿子，都是从学校请假来参加的，学校对这样的请假也是很支持的，一请就批准了；连家里的亲属、朋友也全部都被邀请到了现场，见证这个庄严的时刻。

我们在门口等了一会儿，只见排在我们前面的那一家人从屋里走出来，打头的是一对夫妇和三个小孩子，虽然不知道哪个是收养的，哪个是他们自己生的，但每个人脸上的笑都是那么开心，那么幸福。跟在后面的一群应该是他们的亲友团了，走过我们身边时，跟我们热情地打招呼，都是开开心心的样子。

温暖的路灯，照亮一段回家的路。

走进屋里，只见这里就像电视里演的微型法庭那样，大厅前面是一张很厚重的长会议桌，对面是围成半圆形的一排椅子，椅子后面整齐摆放着几排位置，整体感觉既简洁，又庄重。

我们这些亲友团成员都在屋子后面找位置坐了下来，住家大女儿一家拉着小孩子们在法官面前坐成一个半圆形。

法官先问道："你们确定要领养这四个小孩，并一直对他们好吗？"

听起来是不是有点像我们平时影视剧里看见的，新人结婚时牧师对新人说的话？

住家大女儿两口子非常严肃、认真地说了一大通，大概意思就是愿意领养，愿意一直对他们负责之类。

然后他们在法官的带领下进行了宣誓。接着法官对每个小孩念出他们改过姓之后的新名字，小孩子欢快地点点头表示认可。

由于我坐的位置正好能看见住家大女儿的侧面，这时候，我看见她早已感动得流下了眼泪。

这时，只见法官宣布收养仪式完成，并敲了一下她面前的小锤子，这就是"一锤定音"吧。

就这样，住家大女儿一家瞬间多出了四个小孩子，我们也开心地使劲儿鼓掌。

19

家是宁静的港湾。

爱的彩虹

又到周末，住家妈妈早上起床后，把屋子收拾一下，从冰箱里取出一大堆食材，又把许多甜品、零食装进漂亮的果篮，拿到起居室放好。看我也已经起床了，就让我帮忙多取出一些平时不常用的餐具放好，准备午饭时用。

我问住家妈妈："今天家里有客人要来吗？"

住家妈妈说今天大女儿凯西一家要回来。我一听，二话不说就跑去拿餐具了，而且要多拿一点儿，不然不够用，因为凯西肯定是带着她"庞大的大家庭"的全体成员一起回来的。

说是"庞大的大家庭"一点儿也不为过，凯西的家庭成员包括凯西夫妇，他们亲生的两个孩子，前面《严肃的收养仪式》一文里提到的四个收养的孩子，以及后面又收养的两个小孩，也就是一共有八个小孩子啊！这真是个让人震惊的数字。

上午十点多，我正在厨房帮着住家妈妈准备午餐，只听见一群小孩子叽叽喳喳的声音从门口传来。我跑去一看，果然是凯西一家来了。笑着跟住家大女儿夫妇吉米和凯西打过招呼之后，立即被几个小孩围住了：六个白人小孩和两个黑人小孩毛茸茸的小脑袋围在我四周，有的拽着我的衣角，有的拉住我的胳膊，要我带他们一起玩。我一下子都快招架不过来了。

住家妈妈很有经验，笑眯眯地跟他们说："那边有好吃的，先去吃点东西吧。"一下子就把孩子们的注意力吸引过去了，这才给我解了围。吉米和凯西领着孩子们到起居室那边吃东西、看电视去了。

我继续在厨房帮忙，突然想到几个问题，忍不住问住家妈妈："你以前跟我说过，当时吉米和凯西收养这几个小孩子，是这些孩子的爸爸妈妈因为做了一些坏事或吸毒进了监狱，或者对于他们极不负责任，不能好好地抚养他们，于是一些机构便公布了这些孩子的信息，并找人领养或寄宿他们，所以他们被吉米和凯西收养了。那以后他们的爸爸妈妈如果从监狱出来了，或者是被机构同意领回自己的小孩了，那怎么办？"

住家妈妈笑着说："如果他们自己的爸爸妈妈到时候可以来领回他们，大家都会很开心地送他们回自己亲人身边的。"

凯西的大女儿很是活泼可爱。

“是的，是的，大家都会很开心的。”凯西的声音从身后响起。

我扭头一看，不知什么时候凯西已经站在厨房门口了。她一边说，一边从手机里翻出了好多照片，都是她和吉米跟小孩子们的合影。她指着其中的一些小孩子给我介绍着：“这个小男孩在我们家待过几年，现在已经读高中了，有时还会回来看我们。”“这个孩子可调皮了，但非常聪明。”“这几个现在正在院子里玩呢。”……原来他们夫妇已经先后收养过十三个小孩子了。

凯西说，大人们因为做错事进了监狱，但小孩子真的很可怜，他们两口子又都十分喜欢小孩子，所以在关注到了这一类的信息之后，都会尽最大可能去申请帮助他们。

“尽管自己能尽到的力量不大，可是能帮到一个算一个吧。”凯西微笑着说。

听着她丝毫没有炫耀的淡淡的语气，我被他们的爱心深深地打动了。

因为午餐还没准备好，住家妈妈找出画笔和填图书让孩子们画，而我则走过去帮着照应。我注意到孩子们都十分可爱，只是其中有一个小女孩，好像不喜欢和其他人交流，也不怎么开口讲话。我试着跟她聊天，她也只是笑笑低下头，摆弄着手里的东西不作声，很害羞的样子。

后来，我坐在沙发上看手机，不时用余光扫视一圈孩子们的情况。坐了好一阵子，突然有人拍了拍我的手臂。我抬头一看，发现是那个小女孩，手里拿着一幅填好颜色的画给我，画上是一幅色彩明亮的小彩虹。

我惊喜地接过画，问道：“这是你画的？给我的吗？”

她笑着点了点头，仍然是有点害羞的样子，指着彩虹说：“Rainbow, for you.（彩虹，送给你。）”然后便很快地跑开了。

我看着这幅用十分简单的颜色、十分稚嫩的笔触涂出来的画，突然感到心里暖暖的。一个小孩子可能遇到过一些不顺的生活经历，但只要画画时能想到彩虹，能画出明亮的彩虹，就一定能阳光、快乐地成长。这时我又想起吉米和凯西，他们用爱心和努力，为这些原本家庭遭遇不幸的小孩子创造一个美好的童年，真是了不起呢！

水上“奔驰”

一直觉得美国人很喜欢度假，到了周末或节假日，经常看到他们拖家带口出门，风驰电掣地开着车，很拉风地在高速上疾驰，享受森林、阳光、田野、沙滩的自然风光和一家人其乐融融的天伦之乐。今年的寒假，我和住家一家前往佛罗里达，到住家二女儿肯西和她的老公坎特家度假。

坎特老家在佛罗里达，他的爸爸、妈妈都居住在那里，所以在他们结婚后，肯西也搬到了佛罗里达。那是美国南部靠近墨西哥湾的一个四季如春的地方，不过离肯西自己家很远，有一千多公里，平时他们又都要上班，只有重要节日放假时他们才会一起回来。

海边度假进行时。

天晴 *sunny day* **我们一起出发**

那天一大早我们就出发了，直奔佛罗里达。一路上，住家爸爸、妈妈两人轮流开着车，我和住家的两个儿子则悠闲地聊着天，吃着薯片和零食，忽然就有了点在国内时跟爸爸、妈妈一起开车回河南外婆家的感觉，很是亲切。

车行很快，到了下午时分，一千多公里的路程已经被我们甩在身后，佛罗里达到了。

佛罗里达是美国本土最南面的一个州，主要是一个半岛，还包括附近的珊瑚礁什么的，风景很美，也很温暖，被称为阳光州，有点像中国的海南岛。我们出门时裹着厚厚的棉衣，一路向南走，一路减衣服，到这里时，脱得只剩里面一件短袖汗衫了。

佛罗里达是美国人心目中的避寒胜地，冬天来这里感受阳光、海滩、温暖的气候，实在是一件让人开心的事。海水很清澈，沙滩很柔软，各式各样的水上运动肯定是不能少的了。

佳家二女儿的老公坎特是一个十分具有冒险精神的人，各式各样的水上运动他都很是喜欢，也非常擅长。这不，他略带神秘地跟我说："奔驰车你坐过的吧？但是你坐过水上'奔驰'吗？"

"水上奔驰？"我摇了摇头，"没坐过。"

坎特哈哈大笑，说："好，明天带你坐水上'奔驰'！记得明天早上早点起啊！"

我笑着答应了。

第二天早上才五点钟，坎特就叫我跟他出门。我们先到他的车库，在那里看到停着一艘小船和一个摩托艇。坎特说，他毕业工作后的第一个月就买了这两样宝贝，之后的每个周末，他都会开上他的卡车，拉上他的船去海里乘风破浪，我听了十分羡慕。心想，难怪高速公路上经常能看到彪悍的皮卡车，后面的挂钩上拖着一艘小船，在路上可着劲儿地跑着，估计都是像坎特这样到海边度假去的。

突然想起坎特前一天的话，我问："这个就是水上'奔驰'?"

"No！No！No！"坎特摇着头说，"这个顶多是水上Smart，我现在就带你去看水上豪华'奔驰'。"

看他卖关子，我只有上车，跟他去看看他葫芦里到底卖的什么药。

不一会儿，我们到了一个船坞。原来因为我们人比较多，坎特的小船根本坐不下，我们是来租船的。坎特租了一艘非常漂亮的游艇，雪白的艇身，墨绿色的坐垫、地板和顶篷，很酷炫的钢化挡风玻璃后面，是让人眼花缭乱的仪表操作台。

坎特笑着说："看，这才是水上'奔驰'！"

当我们把船用卡车带回的时候，家里的其他人也都忙碌完毕：住家两个儿子准备好了吃的，肯西准备好了各种钓鱼工具，而住家爸爸妈妈则刚从睡梦中舒舒服服地醒来，因为他俩一路开车辛苦，大家都默契地各自忙活，没有打扰他们。

吃完早饭，终于可以去体会一下坎特的水上奔驰的特效了。我们开着卡车把船拉到海边，看着海水我十分疑惑，问道："这么大一艘船，难道你把它就这么丢进水里不成?"

其他人听见都笑了。坎特笑着说："一会儿你就会知道了。”他把车一直开到海水边缘，我才发现原来这个地方有个水泥斜坡，车子可以倒着开进水里，把车子后面的艇放下就行了。这是非常考验技术的，一不小心就可能把车子整个倒进水里去。不过对于坎特这样的户外运动高手来说，这点难度不过是“小菜一碟”，分分钟就搞定了。

终于上了船，“坐好，我们要飞——了——”。坎特掌控着操纵杆，回头对我们说。话音还没落，我就在一阵电机轰鸣声中感觉飘了起来。

坎特手中一握方向盘，人都high值飙升。重金属的音乐在空中回荡，扑面而来的海风有点咸腥味，波光粼粼的海面闪着蓝宝石一样的光芒，我们的游艇自由地在海面上左转右转，在船后面划出一条翻滚的浪花，白色的海鸟在浪花中上下飞舞着。

我按着有点乱跳的小心脏，兴奋地趴在艇边上，真是飞一样的感觉！飙车我见过，飙船我还是第一次见。每当坎特冲过一个大波浪时，我们总是被溅得浑身湿透。有几次住家小儿子没抓紧护栏，差点都要被颠出船外，把我们给吓得，急忙喊着坎特让他开得慢一点。

坎特开心地笑着，炫技似的特意把船开出各种轨迹，穿插于我们自己的船后翻起的波浪，颠得我们前仰后合，忍不住地惊叫。

肯西突然手指着船舷一侧说：“快看！海豚！”

我赶紧扑过去看，真的有三四头海豚，跟在我们船边，一会儿跳出水面，一会儿沉入水中，很快乐的样子。这太难得看见了，我赶紧拿起手机拍照，把这些水中小精灵拍下来。

渐渐地，已经离陆地很远，坎特找了一处水流比较平静的地方停下船，拿出了事先准备好的钓鱼竿开始钓鱼。住家妈妈和二女儿等不钓鱼的人则悠闲地吃着东西，看着风景，还跳到水里游了会儿泳。

我在家时没怎么钓过鱼，本来只想试试就好，没想到经过坎特的教导很快就上手了，不一会儿便钓到了一条半尺多长的小鱼。我开心极了，运气大爆发，挡都挡不住，

水上休闲一刻。

连着钓了好几条。这下子我东西也顾不上吃了，一直挥着钓竿追逐着鱼群。

天边布满火红的彩霞，这才发现已经傍晚了，一天的时间不知不觉就过去了。坎特带着还恋恋不舍的我们慢慢悠悠地回到了岸上。

盘点着水桶里我今天的收获，这才感觉肚子饿得咕咕叫，两只胳膊也晒得红彤彤、火辣辣的。经过一天疲劳而快乐的水上奔驰，那一晚的觉睡得格外的香。这也是我第一次体验海钓，真的很好玩。

周末淘宝

周末，在我们吃饭的时候，平时住在佛罗里达的肯西和她的老公坎特突然facetime（视频通话）我们，说他们下周一要飞回代顿了。住家妈妈当然非常高兴，问他们怎么突然有时间回来？肯西说是回来参加一个朋友的婚礼，顺便来住几天。住家妈妈高兴极了，全家人听了也都十分开心，有点像迎接中国出嫁的女儿回娘家的感觉哦。

我第一次到这个住家时，暑假还没有结束，坎特和肯西都还在代顿，一起相处了将近半个月，我跟他们早就成了好朋友。

坎特是非常典型的“肌肉男”，体格健壮，性格开朗、热情。他很喜欢玩，也很擅长各种运动。前面就已经体会过他开水上“奔驰”的强大能量，也看到他在潜水、打猎、滑雪时拍的许多照片，在我的印象里没什么是他做不到的。当然了，他也十分喜欢探索发现新事物。

坎特回来后的那个周末，临近中午，我们全家先到外面吃比萨聚餐。回家的路上，坎特很神秘地问我想不想和他去看点新花样，保证我没有体验过。我听了立马起了兴趣，一口答应。

于是坎特开车带着我脱离了住家爸爸的视线，驶往我们的目的地。

沿着大马路开了二十多分钟，车子拐进了一片住宅区，一幢幢小楼很古朴，也各不相同，很有特色。又开了五六分钟，坎特把车停下，示意我下车。

在我面前的是一幢很普通的房子，这里能有什么新花样？我疑惑地问坎特：“这不就是个房子吗？我们没来错地方吧？”

坎特微微一笑说：“没来错，就是这儿！”说完便带我往里走。

走进房子里我才恍然大悟，原来这是一幢别人打算卖掉的房子，有人正来来回回地走动着，把屋里的东西一一陈列，并在旁边标注着价格，只要有人看到自己喜欢的东西都可以买走。

我东摸摸西看看，感觉十分新奇。旁边有个人在摆放东西，像是房子的主人。我就跟他交流了几句，这才知道这房子原来的女主人年纪大了刚刚去世，于是她的儿女回到这里准备把这座房子卖掉，卖房子前先把房子里的东西都卖出去。

这时坎特在屋子那头向我招招手，我走进里屋，看到跟客厅陈列的东西一样，所有物品上都贴着价格，大到沙发，小到吃饭用的叉子、勺子等。东西的价格也不算贵，有的五块，有的十块，真的很有意思。

外面看起来一点儿也不起眼的房子，走进来却是很大的。我们从楼下走到楼上，再逛到地下室，忽然书房角落的一幅画进入了我的眼帘。

这是一幅小小的油画，一眼看上去，年代就很久远。暗金色的画框很有沧桑感，画的是美国的农场生活。画中有着一栋小小的乡村别墅，旁边便是一望无际金灿灿的农田，还有一个人赶着牛车，向着别墅的方向驶去。整幅画透出一种宁静、祥和的感觉，颇有意境，我一眼就喜欢上了。

看了看框边上标的价格：三十美元。

嗯，跟屋里其他东西的售价相比有点贵，楼下纯银的叉子也就卖五元呢。但是我拿起画框，想仔细看看这幅画时，被画布背后的创作年代吓了一跳，作者名字是英文草签，我不认得，回去可以查一下，但画的年代居然是1872年！

这幅画静静地挂在我房间。

就冲这年代，我顿时觉得三十元的价格十分合理，便抱着画准备去付钱。

这时坎特拉住了我，对我说："你去试试砍砍价，我觉得稍微有点高了，可以更便宜一点。"

我面露难色地对着他笑。我一直是个脸皮比较薄的人，最不会跟人讨价还价了，在国内买东西就喜欢在商场或超市，不用讲价。现在让我去砍价真的很不适应。

而坎特却一直在我旁边鼓励着我，我也只好硬着头皮上去，有点不好意思，又有点胆怯地问道："我很喜欢这幅画，二十元卖给我可以吗？”

那个女生思考了一番摇摇头，说：“这幅画从我们小时候就一直挂在餐厅里，我妈妈很喜欢的，二十元不行。”

不用回头我也想象得出坎特在我背后笑的模样。

我咬咬牙继续问：“那你看二十五元怎么样呢？”

只见她盯着我抱在怀里的画看了一会儿，点了点头说：“成交。”

就这样，我抱着淘宝一样淘来的油画开心地回家了。坎特没淘到什么东西，但看我那么高兴，他也很开心。他告诉我如果喜欢这种淘东西的方式，以后可以留意一下网上的一些信息，时间、地址都很详细，这次他就是从网站上面看到的。

一路往回驶去，坎特跟我聊着这幅小小的但年代久远的油画，也聊了美国人的节约、环保意识，以及他们对文化的传承意识。

现在，这幅油画就挂在我背后的墙上。看着它，我在电脑上敲出一个又一个字，码成了这篇《周末淘宝》。

火鸡盛宴

一

在我的印象里，火鸡就是在各种童话故事里豪华餐桌上出现的。肥硕诱人、烤得焦黄喷香的火鸡，搭配着银质刀叉和餐具，很有范儿的感觉。

来美国后不久，随着天气慢慢变冷，我们迎来了十一月的第四个星期四，一个跟火鸡有关的日子——感恩节，也是美国人最喜欢的节日之一。

感恩节也被形象地称为“家庭节日”，就是说家里的所有人都要聚在一起庆祝节日，在外工作、学习的孩子也都会回来——这一点，跟中秋节全家团圆也是很像。

重大的节日一般都离不开有特色的传统食物和一些民俗活动，比如感恩节离不开吃火鸡、家庭游戏、花车游行等。

住家妈妈早在一周前就买好了火鸡和各式各样的装饰品。在过节的那天清晨，她早早起床，把前一天晚上就解冻处理好了的火鸡，用迷迭香、肉桂粉、盐、黑胡椒等调料腌上，腌了几个小时。然后她把胡萝卜、洋葱洗净切碎，再拌上一大块黄油，一起填到火鸡的肚子里，再把火鸡全身抹上黄油，放到烤箱里烤。为了防止火鸡的翅尖被烤焦，住家妈妈还细心地在翅尖包上锡纸。

以前在家时从来没见过这样做烤鸡的，我站在边上很有兴致地看着，不时帮住家妈妈递递调料，端个盘子什么的，打打下手。这时，住家的双胞胎女儿回来了。又过了一阵子，其他家人也都陆续回来了。家里热闹起来，很有过节的感觉。

火鸡太大了，要烤很长时间。到了中午时分，火鸡的香味才慢慢散出来，飘满了整个房子。这个过程中，住家妈妈还准备了沙拉、培根豆角、面包等食物。我数着家里的人数在餐桌上摆好餐具，只等火鸡烤好，就可以好好享受我来美国后的第一次火鸡盛宴了。

怕我们眼巴巴地等着吃饭太无聊，住家妈妈把一家人叫到客厅，围坐成一圈，拿出一本书，让每个人读一小段，读一个关于感恩节来历的故事。她笑着对我说："也是为了让你能够了解一下这个节日。"

原来这个节日的起源是为了感恩印第安人。在1620年的冬天，有一百零二个不堪忍受英国宗教迫害的清教徒，坐着一艘船从英国来到了美洲大陆。当时正是寒冷的冬季，这群人没有食物，在饥寒交迫、传染病困扰中撑过了冬季，只有五十个人活了下来。

在他们的危难关头，善良的印第安人给他们送来了一些食物和生活用品，并且教他们捕猎，种植玉米、南瓜等，帮他们渡过难关，过上了安定、富裕的日子。

就这样，在大丰收的时候，活下来的人们为了感谢印第安人的慷慨相助，决定邀请印第安人来一起庆祝，感谢上苍，感谢热情、好客、智慧的印第安人。

故事读完了，火鸡也烤好了。在住家爸爸的主持下，我们的火鸡盛宴开始了。香喷喷、冒着油光的烤火鸡味道实在很赞，水果沙拉和玉米甜豆也很好吃，我吃了好多，撑得坐在沙发上一动都不想动了。

一边吃，我一边给他们介绍了我们中秋节吃月饼的习俗，以及嫦娥、玉兔、桂花树和月宫的神话故事，住家也是听得津津有味。

吃完饭后，我们围坐在客厅里，一起看纽约街头的花车巡游直播。很长的花车队伍中间，有很多穿着鲜艳衣着扮cosplay的人，很是喜庆热闹。其中我最喜欢的就是迪士尼的特色花车，车身上装扮着迪士尼的标志，车上站着的人打扮成迪士尼经典的卡通人物样子，拽着一个巨大的米老鼠气球晃荡着。

花车游行中最有特色的应该是警察的队伍了。在这个欢乐的节日，纽约的警察也参加了花车游行。一个个英俊帅气的警察穿着警服，踏着整齐的步伐，给我印象非常深刻。

电视里的节目还在继续，吃得饱饱的，窝在暖洋洋的沙发里的我，不知不觉就进入了梦乡。

二

时光匆匆，又到初冬，又到了吃火鸡大餐的节日。

今年的感恩节聚餐，安排在了住家大女儿凯西的家中。因为凯西和老公带着自己的两个小孩子和六个收养的孩子，来住家妈妈这边吃饭太不方便了，所以还是我们过去比较好。

饭虽然是到住家女儿家吃，住家妈妈可是一点都没闲着。她在头天晚上便忙活开了：准备了很多节日大餐必不可少的美味——火鸡和她自己秘制的火腿；又收拾了许多给小孩子的零食、玩具；再给今年刚上大学的大儿子打电话，交代到姐姐家的时间……

看着佳家妈妈忙碌的样子，突然有一种非常熟悉的温暖——在国内的家里，遇到我们要出门或是有什么事情，从前到后忙忙乎乎的也是老妈。看来，妈妈打理家务、照顾一家人的情况，国内外都差不多。

第二天睡了个懒觉，上午九点多我们就准备出发了。把火鸡、火腿的半成品和其他东西搬进车里之后，我们便开车前去佳家女儿家了。

一路上车子不多，阳光透过车窗暖暖地照在身上，高速公路两边的树木光秃秃地立着，树冠形状很好看，像是大师油画里的风景。

“大约都在家里过节，不愿意出门了吧。”我说。

“或许是他们今天安静地待在家里过节，准备明天购物狂欢呢！”佳家爸爸一边开车，一边接着我的话说。

对呀，明天是“黑色星期五”呢！

感恩节的第二天周五被称为“黑色星期五”。据说因为美国商店卖东西记账是用不同颜色的墨水，红色表示亏损即赤字，黑色表示盈利，而从感恩节结束的午夜（也就是星期五零点）开始，各个商店都会疯狂打折促销吸引顾客，获得一年中购物旺季的大盈利。跟我们的“双十一”是不是很像？而且从2014年开始，美国四大百货公司都宣布支付宝开通海外支付，物流直邮中国，买东西分分钟有了逛“淘宝”的感觉啊！

记得来这里的第一个“黑色星期五”，住家妈妈带着我和住家两个儿子去抢购。平时宽敞、人很少的商场里很是热闹，很多顾客都在挑着自己需要的东西。逛了一圈，我们也从食物到衣服买了一大堆。

“商场人太多不想去了，明天要不要在网上买点什么？”我在心里默默想着。

正想着，车子转了个弯，停在一幢房子前面，目的地到了。

还没等下车，便听到了小孩子们的欢呼声。抬头一看，大门的玻璃上几个小脑袋贴着玻璃冲我们笑。我们笑着挥了挥手，拿出车里的东西走进去。

刚进门，便见几个小孩子笑着、跳着向我们扑了过来，看到家里一下子来了这么多人，小朋友也是格外开心。等我们放下手里的东西，就被他们拉着到大客厅去玩了。

我们是最先到的。没过多久，住家大儿子也到了。又过了一会儿，住家的两个双胞胎女儿也都从外地赶了回来。

唯一没到场的就是远在佛罗里达的二女儿了，因为她怀着小baby，这两天就要生了。

午饭开始，照例是丰盛的一大桌。一家人边吃边聊，大家都很惦记没有回来的住家二女儿，住家妈妈说过了节就去佛罗里达照顾她。正说着，就接到了她的视频聊天，只见他们一家人也围坐在餐桌前吃火鸡，享受大餐，十分开心。

吃完饭，我们陪着小孩子们玩了会儿游戏。这时，住家妈妈突然从包里掏出了一个扁扁的盒子。打开一看，原来是住家女儿们当年上幼儿园时参加感恩节表演的录像带。

于是，我们坐在电视机前看了起来，满满的都是回忆呀。那时住家的几个女儿小小的，像洋娃娃一样唱歌、跳舞，可爱极了。我第一次看见这个，不时会认错她们，因为跟现在长得很不一样了嘛。

她们自己也是看得哈哈大笑，不时发出感叹：

“哎，这不是谁谁谁吗？”

“哎，这个不是我们的老邻居吗？”

“现在好多人也都失去了联系，真有点惋惜。”

就这样，我们沉浸大餐和怀旧之旅中。时间过得飞快，傍晚时分，我们也出发回家了。

刚刚到家，住家妈妈便接到了远在佛罗里达的二女儿的电话，说可能她的小baby马上要生了。

住家妈妈二话不说，拿上早就收拾好的行李，连夜开车便赶往佛罗里达！

天下的妈妈都是一样的哦，白天为我们准备了一个开心温暖的感恩节，晚上又赶那么远的路去到女儿的身边。看着住家妈妈车子远去的尾灯，我在心里默默祝福她一路平安。

探望爷爷、奶奶

新年快到了，周末住家爸爸跟我说：“这个周末我们一起去看爷爷、奶奶，他们知道家里多了个中国小朋友，还没见过你呢！”

我笑着说“好”。

爷爷、奶奶就是住家爸爸的爸爸、妈妈。由于他们年纪很大了，平时没有跟孩子们住在一起，所以隔一段时间住家爸爸、妈妈就会去探望他们一下；每年新年来临之前，更是必须要带着一家人去探望的。

这时，住家妈妈在旁边接着说：“我的父母已经去世了，想陪也没有办法陪，所以有空我们都会尽量多去看看爷爷、奶奶。”

慈祥的爷爷、奶奶。

周末出发，路上住家妈妈跟我聊爷爷、奶奶的情况，原来他们都已经八九十岁了。孩子们工作、生活的地方离得都比较远，平时去超市或天气好时出去玩，都是爷爷开车带着奶奶。他们喜欢自己住，生活习惯什么的比较自由一点。住家爸爸和他的兄弟不时会回去看他们。这次正好快过新年，住家妈妈还给他们准备了礼物，也一起带过去。是不是感觉跟我们过新年走亲戚、收红包、收礼物很像？但是八九十岁的老人还经常开车出门，这真是不能想象的事。

爷爷、奶奶住得还是挺远的，高速上飞奔了两个半小时之后，我们终于抵达目的地。这是一幢田园风格的小楼，房子有点旧，但整洁古朴。棕色的墙，深灰色的尖尖的屋顶，跟周围的树木、草坪浑然一体，很是和谐。

走到门口轻轻敲了敲门，白发苍苍的奶奶来开门了。看到我们后，奶奶高兴极了，满脸皱纹笑成了一朵盛开的菊花，拉着我的手跟我们每个人问候着。我也赶紧向她问好，看着她慈祥的笑脸，心里升起家一般暖暖的感觉。

进到客厅，爷爷坐在沙发上正在全神贯注地看橄榄球比赛，他笑着跟我们打招呼。话音还没落，他支持的队伍突然得分，他赶紧把注意力又转到电视上，兴奋地高呼一声：“Yeah！”在他身上完全感觉不出八九十岁老人的样子，仿佛还是一个小伙子一样充满激情。而且我仔细打量着爷爷，发现他真的很帅，即使这么大年纪了，脸上的轮廓还是很立体，很有明星范儿，年轻时肯定帅得不得了。

奶奶看着他摇头："就知道看球！"奶奶笑着招呼我们坐下，又忙着给我们拿喝的。

住家爸爸坐下陪他们聊天，住家妈妈带着我参观这座房子。看得出来，爷爷、奶奶都是信教的，客厅一面带着暖炉（烧柴）的墙上，挂着耶稣的照片和十字架；餐厅周围的墙壁上则挂满了住家爸爸和他兄弟三个人的照片。

我发现美国家庭都非常喜欢把家人的照片放出来，或挂满一整面墙壁，或夹进相框放在桌上、柜子上，或像住家妈妈一样，把照片挂满餐厅墙壁还不够，厨房墙上、冰箱门上都放满了照片。这些照片基本都是家里人在不同时间、不同场所拍的，记录了孩子们从小baby到高中、大学，再到结婚、生子的影像，记录了一代人或两三代人从青春洋溢到白发苍苍的过程。一张张照片仿佛就是一台时空穿梭机，让人看见时光的流逝，珍惜一家人在一起的幸福。

住家妈妈还告诉我，由于奶奶年纪大了记性不好，所以她在每张照片的角落都备注上名字和拍照日期，以免自己忘记。我心里一下子就被感动了，年纪大了记性肯定会变差的，但是老奶奶一定是很爱自己的孩子，很爱自己的家，所以想牢牢记住一些美好的东西吧。

很快就到吃饭时间了。知道我们要来，住家爷爷提前

宁静的乡间小屋。

在餐馆订好饭菜，快中午时让他们送到家中。住家爸爸从送餐员手里接过餐盒，打开放到餐桌上。奶奶则从一个门上高高的雕花柜子里抱出来一个木盒子。打开之后闪花了我的眼，原来里面是一件件十分精美的银餐具，刀、叉、勺子，每件餐具上都刻着精美的花纹。我拿起一个扇贝形的勺子，有我的巴掌大，估计是公用盛汤的，勺子底部刻着几个人物坐在大树下，大约是某个圣经故事里的人物吧。这些餐具上有着细小的磨损痕迹，看起来年代应该十分久远了。

奶奶把木盒交给我，我小心翼翼地一手抱着盒子，把餐具拿去洗了，又小心地往桌上摆，心想："这么贵重的东西，可千万别被我弄掉到地上摔坏了。"住家妈妈告诉我说这些餐具年份很久了，他们平时也不会用的，只有在重要的节日和家庭聚会时才会拿出来用。嗯，看来我还是挺有福气的。

餐桌上，我跟爷爷聊来美国的情况，他问我习不习惯这边的生活、学习，让我感到十分亲切。这时奶奶突然语气沉重地叹了口气，住家爸爸忙问"怎么了"。爷爷告诉我们，昨天晚上他们出去吃饭的时候，有人闯入了他们家，把圣诞树下的所有礼物都给偷走了。那些本来是奶奶早早准备好，打算今天要送给我们的。结果一下子也来不及再准备，今天没有礼物给我们了。

住家爸爸急忙问有没有报警，有没有丢其他的东西，奶奶说："已经报警了，其他没有丢，只有礼物丢了。"这时奶奶突然说："唉，没事，礼物丢了就丢了，相信偷礼物的人比我们更需要这些礼物。"

我听到这句话给震惊到了，即使在自己的东西被偷了的情况下，奶奶居然还会为别人着想，真是很不一样的老人呢。

吃完饭，我们又陪着爷爷、奶奶聊了会儿天，又跟他们一起在社区散步走了一大圈。因为路途比较远，担心晚上开车不安全，奶奶便催着我们回家，下次有空再去看他们。

告别爷爷、奶奶踏上归途，很开心地回味着一天的经历，想着明天跟老妈视频时，要告诉她我认识的这两位可爱、有趣的老人。

糖果和彩蛋的节日

在中国，春分是一个非常重要的日子。这一天白天跟黑夜一样长，过了这一天，天气就一天天变暖，慢慢往夏天走去了。春分还有竖蛋的习俗。记得小学时有一次春分，老师让每个同学都带个煮熟的鸡蛋到学校，下课时组织大家比赛把鸡蛋在课桌上竖起来，还真有同学能把蛋完好无损地立在那里。

在美国，春分也是一个非常重要的日子。不仅仅是因为这一天也被当地人称为“春天的第一天”，而且过了春分的第一次满月之后的第一个星期日，就是充满糖果香甜味道的Easter（复活节）了。

这个节日是我们每年寒假以外最幸福的日子，因为足足可以放一个多星期的假，而这样的假期老师通常是不布置作业的，为了让大家“安享你们的节日”，是不是很幸福？

我对这个节日印象最深就是那只拎着篮子的兔子和篮子里装得满满的糖果和彩蛋了。以前并不太清楚这些习俗的由来，今年是我第一次在“原产地”过这个节日，当然是要好好体会的咯。

看到这个节日的介绍资料，知道了这里古代的人们觉得蛋孕育着新的生命，所以把蛋视作多子多孙和复活的象征，于是这个节日也就象征着重生与希望。

估计这一点特别受住家妈妈青睐，因为住家妈妈自己有六个儿女，又有八个不同肤色的外孙外孙女，所以她在一个月前便早早地购置好了糖果和彩蛋，为过节做好了准备。

住家妈妈十分用心，按照大家爱吃的品种和口味，买了各式各样的糖果和彩蛋，有Q弹耐嚼、酸甜可口的水晶橡皮糖，有比鸭蛋还大的巧克力蛋，还有外面包着薄薄的一层巧克力的又甜又软的糖，都用彩色的锡箔纸包着，各种形状，很是漂亮。我帮住家妈妈把一袋又一袋的糖果运到了地下室，以防小朋友们周末回来看到，在节日到来之前就把这一袋袋糖果给消灭光了。

搬好之后，住家妈妈取出了一只只密封袋，把糖果装进去、封起来，放到了柜子顶上。我不解地问为什么要

洋溢着节日氛围的小屋。

这么麻烦，住家妈妈告诉我说有一年她提早买好了糖果，却因为没有放到安全的地方，一袋袋的糖被老鼠咬得乱七八糟，还被偷吃了不少。一听见这个我真是浑身不自在，好吧，我还是有点怕老鼠的。好在住家妈妈安慰我说现在地下室和房子的密封都做得很好，家里没有老鼠了，我这才松了一口气。

过节这天，我们到街上转了一圈，商场、超市会有穿着兔子服装的人，挎着篮子在分发糖果。说起兔子也很有意思。这里的大人会绘声绘色地对小朋友们说，可爱的彩蛋会孵化成可爱的小兔子，这跟国内有的家长逗小孩子，说小孩子是从垃圾堆里捡来的一样好笑吧。

住家爸爸说，节日里有的地方还会举行游行活动，有身穿牛仔服装、踩着高跷的小丑，有活泼可爱的卡通人物等，很是喜庆。我们没有在外面久留，便和住家爸妈回家了。

回到家中，住家妈妈准备起了午餐，而我则把那种散装的糖果一颗颗地放进彩蛋里，并在屋子里和外面的院子里找隐蔽之处藏起来，为了饭后让小孩子们玩找彩蛋的游戏。地毯边，壁橱下，草丛中，树上，灌木丛里，整个前屋后院都被藏了彩蛋。

吃完饭，小朋友们就一哄而散去找彩蛋了，而我是个小大人了不能跟他们一起去找，但刚才我去藏彩蛋，也是十分开心的。

据说还有一种彩蛋游戏，是把鸡蛋煮熟后涂上红色，然后放在地上或土坡上滚，看谁的蛋壳硬，最后破的就是胜利者，可以得到其他游戏者的彩蛋。这个风俗可不只在民间流行，连白宫都会在节日里组织这种游戏，不过是把蛋放到草坪上滚，而且电视还有实况转播哦。

看着院子里的小朋友们找到彩蛋时开心的样子，我也开心极了。

新年快乐!

新年好呀,新年好呀,祝福大家新年好!

我们唱歌,我们跳舞,祝福大家新年好!

……

当这首《新年快乐》的歌曲欢快地响遍街头时,我来美国后的第一个新年就要来了。

学校放寒假了,足足三周的假期,老师不留一点作业,用老师的话说就是:“好好享受你们的假期吧!”家里也是很热闹地做着各种准备。天空飘着雪花,营造着节日的气氛。新年的味道就这样一点点浓厚起来了。

准备礼物了

中国传统节日大都有形象代言人，比如端午有屈原，中秋有嫦娥，过小年有灶王爷等。跟中国一样，美国的新年也有一个大家都十分熟悉的形象代言人。他有雪白的大胡子，穿着喜庆的大红袄，背着装满礼物的大口袋，乘着驯鹿拉的雪橇，常常在深夜人们都进入梦乡的时候，从烟囱进到人家里，把礼物放进孩子们挂在床头的袜子里。说到这里，大家都知道他是谁了吧？就是圣诞老爷爷。

第一次来圣诞老爷爷的故乡过新年，还是感觉很兴奋的。记得在我小的时候，快到圣诞节，街上也很热闹。老妈给我买过一棵小圣诞树，挂上小彩灯，放在客厅里。我也常常会在平安夜，在床头放上一只大大的红色毛毡做的袜子，第二天早上起来就会在里面发现让我惊喜的礼物了。后来长大了，知道那礼物其实都是老爸老妈放的，但快乐的感觉还是挺好的。人家有蹭粉、蹭流量，我这个叫“跟着美式新年蹭礼物”吧。

而今年来到这里，可以堂而皇之地过美国人的新年，收家人的礼物了，我可要好好体会一下。

其实跟我以前了解到的新年习俗也是差不多的。先是提前准备礼物，再是圣诞节的那晚，一家人齐聚一堂开开心心地吃一顿晚餐，然后围坐在圣诞树前拆互相准备的礼物。

唯一让我吃惊的是礼物的准备太出乎意料了：大人之间要准备，也要给孩子们准备；孩子们会给大人准备，孩子们之间也要准备。除了住家女儿的孩子们因为太小，只管收礼物之外，其他所有人准备的礼物合起来就能堆成座小山。

所以住家妈妈说每年一到临近新年，都是她最忙碌的时候。作为一家之主，她要为全家人准备礼物，而且她非常有爱又非常热心，给每个人准备的礼物都不止一件，让孩子们都能得到喜欢的新年礼物。想想看，住家妈妈可是有四个女儿、两个儿子、两个亲外孙女和好多个领养的外孙外孙女。哎，我都想象不出她每年都要为这么多人准备礼物是一种什么样的感觉，一定是累并快乐着。

有我这个帮手在，住家妈妈说今年准备礼物轻松多了。提前几周，我便和住家妈妈开始Christmas Shopping（圣诞采购）。每到周末我们就去各种商场、超市逛一逛，帮着住家妈妈挑选一些礼物，同时我自己也要采购一些给住家的礼物。还好在这个家里住了很久，渐渐地，熟悉了大家的喜好，选礼物会简单一点。比如住家妈妈喜欢围巾，从秋天的丝巾到冬天的厚围巾，每天出门都要围，我给她准备了一条从中国带来的丝巾；住家爸爸是Ohio State（俄亥俄州）橄榄球队粉丝，就送他一枚这个球队的纪念币；住家的两个儿子都很喜欢打篮球，我就到球鞋店为他们买了两双篮球鞋作为圣诞礼物……

礼物全部买好以后，接下来便是包礼物的环节了。中国有句俗话叫"三分长相，七分打扮"，用在这里也一样。本来就精心准备的礼物，再包得漂漂亮亮的，收到礼物的人肯定会更加喜欢。

住家妈妈多年实践下来，是实打实的包礼物的高人，所以我学着她的样子开始动手。首先把礼物放进一个盒子里，然后在一大筐各式各样的包装纸中间，选一种我喜欢的铺开，把盒子放在上面比一下大小，两边各留出盒子一半高的尺寸剪下来，然后把纸围着盒子包一圈，再把两

住家妈妈在给每个人准备礼物。

头折起来，用透明胶带粘好，再系上漂亮的丝带，一个礼物就包好了。

虽然这是我第一次包礼物，但一出手就包得像模像样，于是很自恋地觉得自己动手能力还是蛮强的！

顺利包完第一个，后面越包越熟练，没用多久，就包完了我准备的全部礼物。看看住家妈妈还有一大堆没包过，我就开始帮她的忙。住家妈妈准备的礼物实在太多了，我们俩忙了一个晚上都还没包完，第二天晚上我做完作业后继续帮着一起包，又包到快十一点，才算全部包完。

住家妈妈很是感慨，说这么多年从来都是她一个人为全家人买礼物、包礼物；今年有了我的帮忙，真的为她省了不少的时间。在给大家准备礼物中，我体会到了住家妈妈说的话的深意："收礼物并不是最开心的，最开心的是你为别人准备了惊喜，并且别人非常喜欢你准备的惊喜。"我也很感慨，独自一个人在这里，住家一家人给了我像自己家人一样的亲情，让我享受到新年的快乐，真的很好。

多彩圣诞树

离过年还有几天时间，这天下午，住家妈妈问我是否愿意帮忙，去阁楼把圣诞树搬下来？我一听十分感兴趣，便一口答应，兴冲冲地跟她一起上了阁楼。

到了阁楼我便傻了眼，眼前的圣诞树大大超出了我对家里放棵圣诞树的理解。要知道，在国内，家里的圣诞树就那么一米来高，意思一下的，而面前分拆开的圣诞树足足有五六捆，每一捆都有我的大号旅行箱那么大，我来来回回跑了四趟才搬完了圣诞树。

接下来开始搬装饰品。住家妈妈是个很有条理的人，所有装饰品都被放在一个一个的塑料箱子里，叠起来高高的两大摞，我数了数有八个大箱子。又是上楼下楼一通忙碌，终于把东西都搬到了客厅。

我们在客厅的一角腾出了一部分空间，先组装圣诞树。好家伙，光是树干组装起来就比我高出几个头，几乎要碰到屋顶了，难怪要这么多的装饰品！安好树干，把捆久了都合拢的枝条叶子捋开、整出造型之后，便把彩灯、毛绒公仔、干松果等装饰品一件一件地往树上挂。

手里忙着挂东西，住家妈妈嘴里也没停着，给我讲着这些装饰品的历史："这个小玩偶漂亮吧，是我小时候妈妈给我的。""这个小熊，是我女儿小时候自己选的，那时她好像只有五六岁吧，时间过得真快。""这个圣诞老人是我妈妈小时候用来装饰圣诞树的，后来也送给我了。"……

我听了也是着实震惊到了，没想到小小的旧旧的一个小玩偶，都能有如此悠长的历史和温馨的故事。美国人在传统的新年里，用这种既丰富着自己的生活，又温习着家庭的血缘、亲情和温暖的方式，完成了一代代人对文化的传承和家庭精神的延续，这一点深深地感动到了我。不知不觉，有点想家了，想隔着太平洋的很远的自己的家。

圣诞大餐

在国内，过年时除了红包、礼物，很重要的一点当然是年夜饭了。别的不说，单从过年时各大饭店年夜饭订都订不到，就知道过年时这顿年夜饭的隆重了。其实到饭店里也吃不出什么跟平时不一样的菜，就是为了那份很热闹的过年感觉吧。

在这里也一样，礼物、圣诞树准备好之后，住家妈妈就开始为一家人的新年大餐忙开了。

“工欲善其事，必先利其器”。住家妈妈虽然不懂这句中国俗语，但她用行动诠释着这句话所包含的道理。她跑到地下室找出了圣诞节专用餐具，把我们平时吃饭用的餐盘都替换成了带着小雪人图案的，杯子也都换成了印有雪人图案的。呆萌呆萌的小雪人趴在餐具上，看得人心都萌化了。

她还在门外挂起了一棵mistletoe（槲寄生）。这个有着碧绿的叶子，白色小圆球果实，系着红色缎带和金色小铃铛的小饰物吸引了我的注意，我用手摸了摸上面的小果实，觉得太可爱了。住家妈妈给我讲了一个有关mistletoe的很美好的故事：

传说神话中的光明之神巴德尔梦见自己不久将死于非命，于是把此事告诉了母亲——爱神弗丽嘉。为了保住儿子的性命，他的母亲造访万物让它们立誓不得伤害自己儿子。但当她看到槲寄生时认为它太弱小，没有能力伤人，就没要求它立誓。结果在一场比赛中巴德尔被一株槲寄生贯穿了胸膛，最终没有逃过命运的诅咒。幸好光明神巴德尔最终得以复活，他的母亲也放下对槲寄生的仇恨，赐予槲寄生以“爱、和平、宽恕”的意义，一直沿用至今。圣诞节时人们在门上挂上槲寄生做的花环，就是表达这个寓意。

槲寄生还有一个非常浪漫的用途就是：在圣诞节时偷走爱人的一个吻。传说槲寄生象征着浪漫和活力，人们相信，槲寄生有神秘的力量，能开始一段浪漫爱情，最后就演变成在神奇的槲寄生下接吻的习俗。虽然我还是未成年人哈，但是这个习俗听起来还是十分美好的。

最后，我们又在屋子里沿着墙的四周挂上暖色的小灯串，接通电源后，灯一闪一闪地亮了，满屋都是温暖的感觉，才算把家全部布置好。这时才觉得腰都有点酸了，累并快乐着。住家妈妈也很感激我帮了她的大忙，帮她省下了不少时间。

新年到来了，吃着住家妈妈精心烹饪的大餐，一家人欢乐地说着笑着。

饭后，每个人都收到了一大堆礼物。大家乐呵呵地坐在沙发上、地毯上开始拆礼物，惊喜地感叹着收到了喜欢的礼物，感恩着大家庭里的亲情和温暖。

看着窗外天空中飘落的大雪，听着电视里欢快的音乐，我忍不住地咧开嘴角：嗯，新年快乐！

Happy new year, happy new year, happy new year to you all.

We are singing, we are dancing, happy new year to you all.

……

后记

在自己的时区里，慢慢成长

那一日跟儿子视频，不知怎么就聊到了报上说有孩子一周十个兴趣班，聊到了小学心性自由成长的快乐和初中“填鸭”模式下的焦虑，聊到了他少小离家的果敢与胆量，儿子慢悠悠地冒出一句：“到了这里之后，跟你聊天，突然发现——老妈回来了。”

笑着说他：“什么话，老妈啥时候都在的！”

心里却酸软得一塌糊涂。视频里两人相视一笑——都知道所指的是什么。

一直喜欢让儿子按自己的节奏慢慢行走、慢慢思考、慢慢长大，很少用家长的权威左右他的思想与行动。

当他牙牙学语，我抱着他一句句念着儿歌给他听的时候；

当他蹒跚学步，我亦步亦趋地跟着护着他的时候；

当冬日清晨，朦胧中他光着脚，披件棉衣从自己屋奔来跳上我们大床，笑着耍赖皮“我来捂一捂再起床”的时候；

带他兴奋地在秋天山上满地金黄的银杏叶堆里打滚的时候……

老妈在的。

从某一天开始，我们俩的生活交流模式简化成了：快起床……快洗漱……快去上学……放学了？快写作业……快点吃饭……再去写作业……快洗漱……快上床睡觉。

能不能看会儿电视——作业那么多哪有时间！

读本小说吧——明天两门考试你都准备好了？

明天想去爬山了——辅导班上好天都黑了，哪有时间！

咱俩多久没好好聊天了——天天都那么忙，哪有时间！！！

当老妈人格构成中的社会属性在焦虑和压力中越来越强势，血缘属性的老妈无奈地渐行渐远，让儿子年少的心灵曾有过不知所措吧。

这情况，我们知道。但，都想不出办法改变。

——成长的环境不变，升学的压力不变，社会界定优秀与否的模式不变，焦虑的源头就一直在那儿。老妈虽亲，亦不能免俗。

那时候，老妈和儿子很近，近到触手就可以摸到他柔软的头发。

那时候，老妈离儿子很远，远到怎么也找不到他轻松笑颜的正确打开方式。

这是我们都不愿意的。

于是，年少的儿子选择另一种成长方式，独自飞向远方，独立规划学业，独立照顾自己，独立打点生活。在比我的时钟慢十二个小时的另一个时区里，按照自己的节奏慢慢成长。

而老妈，用目送成全他的飞翔，用另一种方式陪伴他成长。

人远了，心却近了——

今天上了什么课，明天跟什么同学参加什么活动，下雪了雪景很好看，春天了满院紫色的花海……儿子有时间有心情有兴趣开放自己跟我们交流，当妈的也能充满欣赏，最重要的是不焦虑地跟他聊学习、聊生活、聊天南海北、聊喜怒哀乐了。

还好还好，儿子的成长给到机会让我们参与。就那么几十年的人生路上，即便我们是最亲的人，彼此能够相互陪伴的，也不过是短短的一程。幸好在还来得及的时间里，我们意识到了“最好的陪伴，不一定是在有限的时间里执着于空间上的相守”，所以给彼此更大的空间，让成长回归应有的节奏，然后——体会爱与亲情本来的样子。

就在四个月前，儿子说“我要写本书，写我在这里的学习、生活”。我当然马上点头同意，而且丝毫不怀疑他写作的决心和能力。出国前他一直是当地报社小记者团的成员，小学时曾以一个暑假一本的频率，先后创作了《神秘岛屿历险记》《惊魂木偶》《恶魔森林》等三本冒险小说。我给他设计封面、装订成册，开学时他拿到学校，在班级图书室是借阅率最高、最受同学们喜爱的书籍之一。

于是，四个月后，这本书稿放在了我的面前。

很高兴儿子说做就做的行动力，更欣慰他一篇篇文字中流露出的真心真意真性情。有些小软弱他从不示人，在老妈面前也不会流露。如今在他的字里行间窥探到了，作为老妈有点小心酸，有点小骄傲：无论在哪个时区，阳光都是一样的，成长从来都需要自己付出努力。

儿子，加油！

康景丽

2018年3月26日 于杭州

图书在版编目(CIP)数据

我在西五区 / 朱一泓著. -- 杭州 : 浙江人民美术出版社, 2018.6 (2018.7重印)
ISBN 978-7-5340-6786-0

Ⅰ.①我… Ⅱ.①朱… Ⅲ.①中国文学一当代文学一作品综合集 Ⅳ. ①I217.2

中国版本图书馆CIP数据核字(2018)第088166号

责任编辑:余雅汝
装帧设计:康景丽
责任校对:黄　静
责任印制:陈柏荣

我在西五区
朱一泓 著

出版发行: 浙江人民美术出版社
地　　址: 杭州市体育场路347号(邮编:310006)
网　　址: http://mss.zjcb.com
经　　销: 全国各地新华书店
制　　版: 杭州艺文报刊印务有限公司
印　　刷: 浙江新华数码印务有限公司
版　　次: 2018年6月第1版　2018年6月第1次印刷
　　　　　2018年7月第1版　2018年7月第2次印刷
开　　本: 889mm×1194mm　1/32
印　　张: 8
字　　数: 152千字
书　　号: ISBN 978-7-5340-6786-0
定　　价: 35.00元